南西の風やや強く

吉野万理子

あすなろ書房

南西の風やや強く

もくじ

12歳 5

15歳
55

18歳
117

イラストレーション／坂内拓
ブックデザイン／城所潤+大谷浩介（ジュン・キドコロ・デザイン）

12歳

木の枝に結わえつけられていたおみくじを、一本ほどいた。大吉だ。指先に力を込めて、真っ二つにビリッと破いてやった。

「ざまーみろ」

ぼくのつぶやきは、ちょうど鳴りだした踏切の音に紛れて、消えていった。低いスピードで四両編成の江ノ電が、ごとごとと走っていく。遮断機が上がると、もう鈴虫の鳴く声しか聞こえない。

おみくじを引いたら、ちゃんと家へ持って帰ればいいのに。ぼくは必ずそうしている。こんなところに置いて帰るからいけないんだ。

誰がこれを引いたのかは知らない。近所の人なのか、鎌倉を訪ねてきた観光客なのか。

きっとうきうきと枝に結んだはずだ。その夜、星月夜天神で大吉を引き当てた、と日記に書いたかもしれない。

想像もしないだろう。そのおみくじが引き裂かれてしまったなんて。神社の近くに住んでいる小学六年生が、その人のアンラッキーを願ったなんて。ざまーみろ。

お母さんが言っていた。「他人に勝たないと一流になれない」って。だからぼくはこうやって努力している。自分よりもラッキーな人を、世界から一人でも多く減らす努力。

もう一人減らしてやろう。別の枝に手を伸ばした。まるでぼくが狙ってくるのを予測していたかのように、ぎゅっと固く結わえてあるやつ。いくら固くたって無駄なんだよ。

蛍光灯のぼんやりとした明かりの下で、おみくじを開いた。中吉。また、二つに裂こうと、紙の上部に指をかけた瞬間だった。

「なんだった？」

後ろから声が聞こえて、びくっと身体がふるえた。振り返ると、同級生の石島多朗がいた。同じ六年一組だけれど、あまりしゃべったことはない。「石島」と呼ぼうか「多朗」と呼ぼうか、迷うくらいに遠い距離のやつだった。とりあえず、

「びっくりするじゃねえかよ」

とだけ言った。やつは踏切側の鳥居の参道ではなく、裏口を指差した。

「そっちから来たんだ」

「ああ」

ぼくはうなずいて続けた。

「でも、夜の十時半に、学校のやつに会うなんて思わないから」

「まあな。で、見してよ」

手を伸(の)ばしてくるので、しぶしぶおみくじを手のひらに載(の)せた。自分が「盗(と)った」ということをこれから証明されるみたいで、本当は渡(わた)したくなかった。さっさと枝に結んで、何もなかった顔をして帰りたかった。

でも、多朗相手にそれはできない。こいつは、クラスで一番身長が高くて、一番日に焼けていて、声がちょっとかすれ気味で大人みたいなのだ。教室では後ろの窓際(まどぎわ)の席で、三、四人の子分にいつも囲まれている。「絡(から)まれたくねー」と、話さないようにしていた。今だって、白いドクロマークの入った真っ赤なTシャツを着ている。

とにかく破る前でよかった。呼びかけられるのが、あと三秒遅(おそ)かったら危なかった。

「へえ、伊吹(いぶき)、中吉(ちゅうきち)か。いいんじゃね？」

こいつを多朗と呼ぶことに今決めた。ぼくのことを、名字の狩野(かのう)ではなく名前の伊吹のほうで呼んできたから。

でも、いいんじゃね？　の意味がわからない。

「いいって、何が」

おそるおそる聞いてみた。多朗は、じっくり文面を読みこんでいる。

「結んであるやつからおみくじ引いてたんだろ。おれも毎晩やってんだよ」

「毎晩？」

「そう。ヒミツだぜ。おみくじ好きなんだけど、いっつも百円払うのはもったいねーからさ。ここに結ばれたやつから、一個選んで明日の運勢を占ってんだ」

ああ、そうだったのか。そして、多朗はぼくも同じことをやっていたのだと勘違いしてくれている。急いで、そこへ乗っかることにした。

「毎晩はすげーな。ぼくは今夜が初めてだぜ」

引いたのはすでに今日二本目だけど。と、ハーフパンツのポケットの上をそっとなでた。さっき破った一枚目が入っている。

多朗はぼくの言葉を聞いていなかったようだ。渡したおみくじをくまなく見ている。

「おおっ、おめでとう」

「なにが」

「『願望』のとこ、『明日からきっといい方に向かう』だってよ」

「え、ちょっと見せて」

おみくじを取り返した。本当だ。いい方に向かうんだろうか、ぼくの願いは。そう考えかけてから、笑い出しそうになった。多朗につられて、すっかり自分で引いたおみくじみたいな気になってた。さっきまで破ってやろうと思っていたのに。『明日からきっといい方に向かう』は、神様がぼくのために用意した言葉ではない。

「じゃあ、おれも引くねー」

多朗は両手を合わせて、おみくじたちを拝みはじめた。相手が目を閉じているのをいいことに、ぼくはじろじろと見た。こいつ、怖いって思ってたけど、意外と変なやつ。

やがて目を開けると、多朗は絵馬がいっぱいつり下げられている棒の端に近づいた。そして、結わえられた一枚を取り、身体をくの字にしながらガッツポーズを見せた。

「うぉ、来た。大吉！　超ラッキー」

昨日までのぼくだったら、教室で多朗にツッコミを入れるなんて考えたこともなかった。でも、ちょっと言いたくなった。

「たいていの神社は大吉や中吉が多いもんだろ?」

「ばーか、違うよ。ここは平気で大凶も出す神社なんだ。おれ、今までに何度も引いたことあるもん。星月夜天神で中吉以上が出たら、相当ラッキーなんだぜ」

そして、またじっくり紙を読みこみながら、

「よし、明日はいいことありそうだな。お、なんだよ。ここの文、気になる」

多朗が手招きするので、ぼくは近づいた。そばまで行くと、やっぱりでかい。身長百五十センチのぼくよりも、十五センチは高いだろう。体重も十五キロくらい多いかもしれない。

「ほら、見ろよ。この方角ってところ」

「へー。『今すぐ西へ向かうと吉あり』か」

「おまえのは」

「え」

ぼくは、折りたたんだ中吉を再び開いた。

「『早急に南方へ歩けば道は開ける』だって」

「ふーん。ちょっと貸して」

やつは二枚のおみくじを両手に持って、右を見て左を見て、と比べている。

「なに」

「こんなふうに、具体的にどうしろ、って書いてあるのを見んの初めてでさ。お告げどおりにしたら、本当に吉があんのかな」

ぼくは思わず、ははっ、とからかうような笑い方をしてしまった。

「具体的って、どこがだよ。西とか南方ってどこまで行けばいいのか、全然わかんねーし」

言ってから、多朗を怒らせたんじゃないかと心配になる。ぶん殴られたら気絶するかも。

でも、やつは気にしていなかった。それどころか、妙なことを言いだした。

「そうだ、南西を目指さねえ？」

「はぁ？」

「ふたりで今から、南西に行くんだよ。そしたら西でもあり南でもあるんだから、ふたりともいいことある」

「南西ってどこだよ。沖縄？　飛行機代どうすんだよ」

「だから、歩いて行けるとこまでさ」

塾でもらった地図帳を頭に思い浮かべながら言った。

「それって紀伊半島？　九州？　何日かかるんだろーね」

しかし、多朗は日本地図をよくわかってないらしく、真面目な返事がもどってきた。

「紀伊半島は知らねーけど、伊豆半島は？」

「ああ、伊豆もこっから見りゃ南西だけど」

「伊豆行こうぜ！」

「え？　いつ」

「今すぐだよ。だって、おみくじに書いてあんだもん。おまえのだって『早急に』って」

こういうところがやっぱりこいつはおかしい。ちょっと怖くもある。常識ってやつがない。普通、子供だけで夜十時半に、今からどっかへ出かけたりしないのに。

「だっておまえ――」

お父さんとお母さんが心配、と言いかけて、ぼくは口ごもった。たしか、多朗は父さんがいなかった。黙ったのに、その先が多朗はわかったらしい。

「母親が帰ってくんのはどうせ朝だし」

「朝？」

「店やってっから。一日くらいいなくても、気がつかねーよ、きっと。明日日曜だし。おまえは？」

「お母さん――うちの親も今は寝(ね)てるけどさ」

望遠鏡で月を見るんだ。理科の勉強にもなるし。そう言ったら、両親は納得(なっとく)して先に電気を消した。お母さんは「あんまり遅(おそ)くなると、明日、頭がまわらないわよ」と言いながら。ぼくが庭のテラスからいなくなって、こんなところまで散歩しに来ているなんて思ってもいないはずだ。

「でも、明日は塾の模試があるし。すげー大切な模試なんだ」

言った瞬間(しゅんかん)に、おなかの真ん中がギリッ、とねじれるように痛くなった。

すげー大切な模試。

夏休みにどれだけ実力がついたかを初めて判定する模試。これで、中学受験がうまくいくかいかないか、ある程度判定できる、と夏休みじゅうおどかされてた。

口をとがらせて、多朗は石段に腰(こし)かけた。

「ふーん、じゃあ仕方ねぇな。塾とか模試とか、おれは全然わかんねーから。やっぱ伊吹って頭いいよな」

そう。ぼくはクラスでは一番頭がいいと言われている。でも、よそのクラスにもよその学校にも頭のいいやつはいっぱいいて、でかい塾の模試を受けたら全国で八百番くらいになってしまう。どうしよう。明日の模試で順位がもっと下がってたら。

ふと思う。このおみくじの言うとおりにしたら、もしかして本当にいいことあったりして。逆に今日、南を目指さなかったら、模試も受験も失敗したりして。まさか、そんなわけないよな。

「受験がうまくいくんだったら、行ってもいいけどさ」

あるわけねーし、というのを省略してぼくが言うと、多朗はぱっと立ち上がった。

「そうだよっ。一回模試をパスしても、受験が成功すりゃいいんじゃねーかよ」

「えっ？」

模試をパス？　考えたこともなかった。さすが塾に通ったことのないやつは、とんでもないことを考えるよな。

そう思ったけれど、でも、ぼくは同時にドキッとしていた。

前に、隣の家へ回覧板を持って行ったら、お姉さんが下着みたいな服で出てきて、ブラジャーの線にドキッとした、あのときの感じに少し似ている。いや、だいぶ違うか。でもとにかく、今まで想像したこともなかった先に「そういう世界があったんだ！」と気づいてしまった、というところは近い。

そうか。このまま伊豆半島を目指したら、何時間かかるか知らないけど、少なくとも朝十時に始まる模試には間に合わない。模試を受けられない。というか……。

受けなくて済む！

でも、どうする。お父さんとお母さんはどんな反応をするだろう。

ちらっと多朗を見た。読み終わったおみくじをていねいに、元の場所へ結び直している。

こいつを悪役にしたらどうかな。

多朗に脅(おど)されて、無理やり、伊豆の方まで一緒(いっしょ)に歩く羽目になっちゃったんだ、っていう言い訳はどうだろう。そして、すかさず付け足すのだ。でも、怖(こわ)いやつだから、あいつにも先生にも文句言わないでよ。

そう言えば、ぼくの「チクリ」は多朗にもバレなくて、すべて収まる。

そんなにうまくいくかな、と思うけれど、おなかは賛成しているようだ。さっきの、ギリッという強い痛みは消えていた。

「よし。そうと決まったら、今すぐ行こうぜ！」

ぼくのおみくじも、いつの間にか元通り枝に結び終えた多朗は、早くも踏切(ふみきり)に向かって歩き出す。とりあえず追いかけた。まだはっきり決めたわけじゃないけど。

カーンカーンカーンと警報機が鳴りだした。駆(か)け足で、あわてて細い線路を渡(わた)った。もし、遮断機(しゃだんき)に邪魔(じゃま)されて、道の向こう側に取り残されていたら、きっと南へ行かないと決めただろう。でも、実際はぎりぎりセーフ。これは行けってことじゃないか？

　ずんずんと海のほうへ、多朗は歩いて行く。ぼくの家は神社の北東側、つまり海とは逆方向にあるので、確実に離れだしている。頭のなかに、「どこへ行ってたのよ、もう！」と怒るお母さんと、「困ったやつだな」と無表情に言うお父さんが目に浮かぶ。やっぱり行かないほうがいい。だいたい、気の合うやつらとならともかく、ほとんどしゃべったことのない多朗と歩いても、面白くないだろ？　自分にストップをかけようとしているのに、どうも足が止まらない。むしろ、前へ進む理由を頭がなんとかひねり出そうとしている。

　まあ、このへんはよく知ってる場所なわけだし、神社を散歩するのも海辺を散歩するのも同じじゃないか？　途中で戻ってくればいい。そんな遠くまで行くわけじゃないなら、別にかまわないんじゃないか？

「うぉー、海風」

　多朗が両手を高々と上げた。昼間はよく渋滞している国道一三四号線が、この時間はけっこう空いている。トラックが右手からびゅんと走り過ぎた後、しばらく車が途切れた。信号がないところだけれど、多朗がさっと走って渡った。ぼくも続いた。

　見慣れている由比ヶ浜が、なんだかよそよそしい。満月を五日過ぎた月が、空高く昇っていて、沖のほうだけスポットライトみたいに金色に照らしている。岸に打ち寄せる波は黒い。風が強く吹き付けるからか、波は高くて、バッシャーンと消波ブロックに突進しては砕けてしぶきをあげている。

「おい、そこ登っちゃいけないんだぞ」

遊歩道の左側は高さ一メートルちょいの堤防になっている。多朗はそこに上がっていた。下はすぐ海だ。足をすべらせて、波に飲みこまれる様子を想像してしまって、ぼくは止めたのだが、やつはまったく気にしてなかった。ひょいひょいと大きな歩幅で前進していく。

「落ちても知らねーぞ」

「別に落ちたって、由比ヶ浜なんて夜でも泳げるっしょ」

消波ブロックに打ちつけられたらケガすんぞ。と言っても聞かなそうだから、こう言ってみた。

「でも暗いから、おまえ、黒いブイをつかんじゃうかもしれねーよ？」

「何、黒いブイって」

「沖のほうにあんだろ。こっから先は行くな、みたいなマーク。ぷかぷか浮いてるやつ」

「ああ、あれって黒かったっけ」

「いや、ふつーは赤とか黄色とか目立つ色だけど」

「ふーん。じゃ、黒いブイって？」

ぼくは声をひそめて雰囲気を出そうと思ったけれど、海風が強くて聞こえなくなる。仕方なく、大声で話し続けた。

「前に、由比ヶ浜の沖で泳いでた男の人がいてさ」

「大人？」

「うん。疲れて、でも岸が遠いだろ。それで、黒いブイを浮き輪がわりにして、しばらくつかまって休もうと思ったんだって。ぷかぷか浮いて気持ちいいし、しばらく目を閉じてたんだってさ。だから、気がつかなかった。目を開けたら、どんどん陸から遠ざかっていたんだ。男は、やっとわかった。そのブイが流されてること。だから男は、ブイから離れようと思った。自力で泳ごうとしたんだ。だけどそれはできなかった。というのも、ブイにしばりつけられたみたいに、身動きできない状態だったから」

「な……なんで」

「ブイにいっぱい黒いヒモがぶらさがってて、それが体中に巻きついてたんだ。真昼間だし、まだ岸はよく見えてるし、『助けてくれー！』ってさけんだんだけど、でも声は波の音に消されて、全然届かなかった。だんだん由比ヶ浜も遠くなっていって、それでも黒いヒモはますますからみついてきて。もし、ブイが沈んだらそのまま男も海の底に引きずり込まれてしまう」

「で、で、どうなったんだよ」

「ちょうど小さな漁船が通りかかってさ、ありったけの声で『助けてくれーーっ』って言ったら気がついてくれたんだ。ブイごと引き揚げられたんだけどさ。漁船の船長が、『ひっ』って声を上げて腰を抜かしたんだ。というのも、男が黒いブイだと思っていたのは、実は死んだ女の頭だったんだ」

「え」

多朗は堤防の上でぴたりと静止した。

「引き揚げてみたら、それはだいぶ前に死んだ女の腐乱死体で黒いヒモだと思ってたのは、その女の黒髪だったんだってさ」

ドス、という音がして、多朗が堤防から遊歩道に着地した。

「こええ。ほんとに由比ヶ浜で？」

「そう、この海で」

と、ぼくはウソをついた。実はどこかの怪談集で読んだお話だった。しかも日本じゃなくて外国の海だった気がする。

「おれ、全然その話、知らなかったよ。こえぇ〜」

そうつぶやいてから、多朗はしばらく無口になって、てくてく歩いて行く。でかい犬を連れた人が、ぼんやりと対岸の逗子マリーナのほうをながめている。

もうすぐ遊歩道は大きく右にカーブして稲村ヶ崎へと向かう。自転車でもここから先へは行ったことがない。このあたりから戻れば、お父さんたちにバレずにすみそうだ。でも、多朗はぼくが帰るなんて、考えてもいないらしい。そういうやつに、どう切り出せばいいんだろう。

そうだ。ぼくはのどが渇いている。稲村ヶ崎まで行って、「のどがからからで、でもお金ないからジュース買えねえし」という感じでリタイアしたら、自然じゃないかな。

「追突注意の看板があるぜ」

多朗が、わざとぶるっと身体をふるわせてみせる。前方は左右が崖になっていて、その間を通るから、あたりがいっそう暗くなったように感じる。

「そんなにこのへん、事故が多いのかなぁ。ユウレイがうようよしてたりしてな」

多朗がまたふるふるっと身体をゆすりながら歩く。横並びで進んでいたけれど、前方からジョギングしてくる男が近づいてきたので、ぼくらは道を開けて、縦に並んで歩いた。男は、白いシャツに白いパンツだった。通り過ぎてからぼくは、前を歩く多朗の耳元でささやいてやった。

「今のもユウレイじゃね？」

「えっ、んなわけねーよ」

多朗はあわてて振り返って、後方を指差す。

「ほら、まだいるじゃねーか、あそこに」

「でも、上半身しか見えねーじゃん」

「え、だって、それは暗いから」

「ぼく、あの人のランニングシューズ、何はいてるのか見ようと思ったんだ。でも、見えないんだ」

「ウソつけ」

「ほんと。足のあたりがぼんやりしてさ。なんか白っぽいものが回ってるような感じ？　でも、足もシューズも見えねぇんだ」

「ウーソーだーねー」

笑い声を上げながらも、多朗は一パーセントくらいは信じている顔をした。それでぼくは怖い顔をして言ってみた。

「ユウレイじゃね？　きっとこのあたりをジョギングしてて、はねられたんだ。追突注意っていう看板に気づかなかったんだよ」

「ウーソーだーねー。だいたいジョギングしてて車にぶつかられたら、追突じゃねーし」

「あ」

クラスで一番のぼくが、多朗にミスを指摘されるとは。やべ、という顔をしてしまったみたいで、やつは、

「やっぱ、ウーソーだー」

けらけら笑って、また早足で歩き出す。切り通しを抜けたところで、多朗は迷いなく道を逸れて、左側の階段を上りはじめた。

「おい、どこ行くんだよ」

追いかけて上りきったぼくは、おぉーと声を上げてしまった。右手に海が、そして江の島が見える。一三四号線を走る車のランプがつながって、光の線みたいだ。

「おまえ、ここ来たことねーの？　昼間だったら真正面に富士山が見えるんだぜ」

「それはわかってる」

お父さんの車で稲村ヶ崎の切り通しを走ると、富士山が崖に挟まったように見える。そして、切り通しを抜けると、富士山は急にでっかくなるような気がするのだ。

「うめー」

多朗の大きな声が聞こえてきたのでそちらを見ると、水道の蛇口から水をごくごく飲んでいた。

「おれ、のどが渇いてたんだー」

しまった。帰る口実が。と思いながらも、ぼくも吸い寄せられた。そんなに冷たくはないけれど、のどにじゅわっと沁み込んで行く。えーと、ぼく、そろそろ帰ろうかと……うーん、どう切り出そう。

でも、多朗の奇声に邪魔された。

「きぇぇぇーい」

やつは、水飲み場の横でくるくるとひとりで回りながら、叫び声を上げ始めた。

「何やってんだよ」

さっき怖い話をしていたせいだろうか。多朗はＵＦＯから降りてきた宇宙人にとり憑かれちゃったんじゃないか、と思いついてしまって、ぼくは空を見た。月がぴかりと光っているだけだ。

すると、多朗が急に顔を寄せて来て、ささやいた。

「おまえも協力しろよ」

「は？」

「カップルがいっぱいいんだろ。いちゃいちゃしてんのを、邪魔してやるんだよ」

ふと見ると、本当だ。いっぱいいる。この公園は丘になっていて、ぼくらは今、そのてっぺんにいた。広い階段となだらかな芝生の斜面があるのだけれど、あちこちで男と女がくっついて、江の島を見つめている。

「きぇぇぇーい！」

「きぇぇぇーーー」

ぼくらは追いかけっこをしているふうに見せながら、階段を駆け降りた。やつらがどんな反応をしているか、確かめる余裕がないのが残念だ。

公園を抜けて、そこから浜辺に降りられる階段を見つけた。ここにもまたカップルがいる。あちこちにいるな。ぼくの家の台所にひそんでいるゴキブリと同じくらいいるな。

「きぇぇぇーーーい」

さけびながら降りたら、前を走っていた多朗が立ち止まって、手を上げてきた。ハイタッチ。

「伊吹、やったぜ。おれら」

「やつらの邪魔できたかな」

「ああ。たぶん、あのなかにはプロポーズしようとしてた男もいると思うんだ」

「プロポーズ？」

「結婚してください！　って女に申し込むことだよ」

「ああ」

「きっと『結婚し――』って言いかけた時に、おれらが邪魔してしゃべれなくなって」

「ぶち壊しで、もう続けらんなくなって」

「で、雰囲気悪くなって、明日別れるんだ」

ぎゃははっ、とふたりで笑い転げた。ぼくはおなかをおさえて笑いすぎて、砂に足を取られてずるっと転んだ。思いきりひっくり返ってやったら、案の定、多朗が大ウケしている。

「あはは、伊吹、カップルの呪いにやられたんだー」

ぼくはぱっと立ち上がって、やつを追いかけた。

「呪いをうつしてやるっ」

「やめろ〜」

国道の街灯の光も、波打ち際まではほとんど届かない。黒く見える波が砂を洗っては引いて行く。ひときわ大きな波が突然すうっと砂を飲みこむように広がってきて、ぼくらはあやうくシューズをぬらすところだった。

「あぶねぇ」

「こええ」

「これもカップルの呪いだよ」

そう言った多朗は、

「他にも、怪談まだあんの？」

と聞いてきた。

ない。と答えるのはなんだかくやしい。といって、さっきみたいにその場で創作したことがバレるのは恥ずかしい。

ぼくは慎重に口を開いた。

「このあたりの海じゃないけどさ」

「うん」

「もっと、人が少なくて寂しい海なんだけどさ」

「でも、日本の話？」

「日本の話」

「ぼくらくらいの小学生が五人で、夜の海で遊んでたんだって」

「うんうん」

「浅いところに入って、ばちゃばちゃやったりしてさ。そしたら、気がついたらひとり減って四人になってたんだって」

「サメ？　サメだろ」

それじゃ怪談じゃねーだろ。とツッコむのは心の中だけにしておいた。

「次の日に、大人がいっぱい捜索したけど、どこにもいねーんだって。おぼれる声も誰も聞いてねえし、手掛かりがねーんだって」

「うんうん。ででで？」

「でも、ある日、帰ってきたんだってさ。海岸にぽつーんと座ってたんだって。で、今までどうしてた？　って聞いても記憶がないんだって。別に様子は変わったとこないし、ケガもしてないし、まあよかったよかった、ってみんな言ってたんだけど」

「けど？」

「誰も気がついてなかったんだよ。本人も」

「何に」

「背中の真ん中に、ウロコが一つ、ついてたんだ」

「魚のウロコ？」

「そうそう。毎日少しずつ広がっていくんだけど、まだ誰も気づかない。終わりっ」

「すげー。こえー」

自分で作ったにしてはうまくいった。いや、作ったんだろうか。ぼくは、何年か前にこれに似たようなマンガを読んだ気がする。それは魚じゃなくてヘビのウロコだったような。

同じマンガを多朗がもし読んでいて、思い出されたら困るので、ぼくは逆襲することにした。

「おまえも、なんか話せよ」

「何を」

「なんか、怖い話だよ」

「うーん。おれ、そういう話を読むのは好きなんだけど、うまく話せねえっていうか、よく覚えてねーし」

「じゃあ、おまえが怖いものの話でいいや」

「おれが怖いもの？」

「うん。何が怖いか話せばいいんだよ」

ふーむ、と考え込んだ多朗は、

「お、でけえ」

と貝殻を拾って、海へ放り投げた。ぽちゃ、と小さな音がして、沈んでいった。言う気がないんだな。ぼくは、もう一度しつこく攻めるか話題を変えるか迷っていた。すると、多朗は切り出した。

「最近、おれが一番怖いのはアレだな」

「どれ」

「気持ちわりぃオッサンの目つき」

「どこのオッサンだよ」

ぼくは笑いながら突っ込んだけれど、多朗は笑っていなかった。

「うちのさ、母親の店に最近よく来るオッサンがいるんだ」

「うん」

「うちの店って、一応スナックなんだけど、スナックっていうよりかは、和風の飯屋に近くて、みんな晩飯食ってく感じなんだ」

そもそもスナックがどういうところだか、よくわからなかったけれど、ぼくは知っている顔をしてうなずいた。

「五年前に母親が店始めた頃から、おれもいっつも店で晩飯食ってたんだ。今日はオムライスとひじきとマカロニサラダ食った。デザートおごってやろうか、なんて親切にしてくれるオッサンが多いんだけど、あの気持ちわりぃやつだけは違うんだ」

「違うって」

「おれの母親に、ほんとにホレてるらしくてさ」

「ホレ……」

ぼくは国語算数理科社会に関しては、たくさんの言葉を知ってるが、「ホレる」というのはまだ自分の言葉じゃない気がしていた。意味はもちろんわかるけれど。「おれは頭わるいし」と言っている多朗が、また大人に見えてくる。

「母親は、アフターに誘われると、おれをダシにいっつも断ってるらしいんだ」

「アフター？」

「ああ、店が終わってからお客さんとどっかで飯食ったりすること」

「だって、おまえの店で飯食うんだろ」

「まあ、そうなんだけど、気分を変えて焼肉屋行ったりさ。あとカラオケ行ったり、飲みに行ったり。他の姉ちゃんたちはよく行くんだ。そうすっと、男は余計にお金を払ってくれるからさ。でも、母親は断るんだ。おれが家で待ってるから、って」

「ふうん。多朗って姉ちゃんいたんだ？」

「違う違う。おれは一人っ子。姉ちゃんっていうのは、母親が雇ってる人達のこと。二人いるんだ」

全然かみ合ってない。

「で、たいていのお客は『ああ、多朗くんいるしね』って納得するんだけど、そのオッサンはおれをにらむんだよ。『こいつさえいなければ』って目をしてるんだ。こええだろ」

「うん……」

怖いけど、宇宙人とかユウレイみたいに、「こええ!」って笑いながら大きな声を上げられない。

「夜、おれは晩飯食い終わったら先に家へ帰るんだけどさ。あ、今日もその帰りに神社に寄ったところだったんだ。店を出てしばらくは、後ろを見ながら歩くんだ。その気持ちわりぃオッサンが追いかけて来て、おれの首を絞めるような気がしてさ」

「お母さんは?」

「客をあんま悪く言わないほうがいいだろ。だからおれ、言ってない。そのオッサン、母親や姉ちゃんたちにはニコニコしてるからさ」

「そっか……」

話のせいなのか、砂地のせいなのかわからない。だんだん足首がだるくなってきて、一歩進むごとにずぼっとハマってしまう。

「上あがる?」

ぼくは国道沿いの歩道を指差した。

この先には一三四号線からせり出した駐車場があって、コンクリートで埋め立てられているので、砂浜が狭まっている。無理に通ろうとすると、きっと波をかぶる。多朗がうなずいたので、階段を駆け上がった。

ちょうど江ノ電がカタンカタンとぼくらを追い抜いていくところだった。暗くて車輪が見えないので、蛍光灯に照らされた車内が、ぼうっと空中に浮かんで前進していくみたいだ。

少し歩くと、右手に大きな建物が二つ見えてきた。一つは線路のすぐ横の公立高校。なぜだかわからないけど、こんな夜遅くに二階の電気がぽっと灯っている。もう一つは坂を上った丘にある大きなホテル。ここをもう少し先に行ったところにあるお寿司屋さんへ、お父さんがたまに連れて行ってくれる。

うちのお父さんも、スナックってところに行くことがあるんだろうか。全然知らない顔でニコニコしてたりするのかな。

不意に不安になった。

「どんなオッサン？」

「背が低くてやせてて、メガネかけてる。レンズの厚いやつ」

よかった。お父さんはがっしりしていて、メガネはかけていない。

「もうおれ、店で晩飯食わねーほうがいいと思う？」

後ろから多朗が声をかけてきた。このあたりは歩道が広くなくて、ふたりで横並びに歩けない。

「なんで、ぼくに」

そんな、アドバイスなんかできないよ。

「だっておまえ、頭いいし」

教科書のことなら、なんだって答えられるんだけど。

「うーん」

「まあ、行かないほうがいいんだろうなぁ。お邪魔ムシちゃんだもんなぁ。お客にムシされて当たり前」

「ダジャレかよ」

ぼくは冗談めかして笑うしかなかった。

「でも、そしたら飯はどうすんの」

「前は隣のおばちゃんちによく行ってたんだ」

「親戚？」

「いや、そうじゃないんだけど、うちの母親と仲いいから。『こっちで食べていきなさい』って言ってくれてさ。高校生の兄ちゃんがいてさ。あ、本物の兄弟じゃねーよ。兄貴分。幸司ニィっておれは呼んでたんだけど。でも、最近は族が忙しいみたいでさ。家にあんま帰ってこないんだ。幸司ニィがいないのに、おれが飯食わせてもらうのも変だろ」

「族……って暴走族？」

夏の夜に窓を開けていると、ぼくの家にもひびいてくる。ヴィンヴィンヴァンヴァンってたくさん走っていくオートバイ。テレビの音が聞こえなくなるくらいうるさいけど、毎週末のことだから、もう耳も慣れてしまっていて、テレビの音をちゃんと拾い上げることができる。

「うん、前はバイクで暴走しまくってたけど、最近、車ばっか乗ってるらしいよ」

あれ、免許って十八歳にならないと取れないはずだ。高校三年生だとして、十八歳になってすぐ免許を取った？　それとも、無免許で人の車を乗り回してる？　あの怖い人たちだったら、あり得そうだ。お父さんが一番嫌いそうなルール違反のやつら。そんな兄さんと友達ってことは、もしかして――。

「多朗もそのうち、その幸司ニィに誘われて、暴走族に入ったりすんの？」

「まぁな」

こういうやつと一緒に歩いているのが、本当にふしぎだ。やはり明日になったら、縁を切って、クラスでも何事もなかった顔で話さないほうがいいんだろうか。それとも、友達っぽくふるまっておけば、中学や高校に入って誰かに絡まれたとき、助けてもらえるのか。

いや、そうじゃないだろ。同じ学校に行くことを想像してどうする。ぼくは、聖慶学園の入試にどうしても受からなくちゃならないんだ。受かったら、今の同級生とはもう縁はなくなるんだ――。

行合橋の交差点のすぐ脇にあるコンビニが、明るい光を放っている。おにぎりとか買えたら、明日の朝ごはんになるのにな。そういえば今、一円も持っていない。何も食べずに伊豆まで行けるのかなぁ。

でも、もう言いだせなかった。回れ右したいなんて。ぼくは、多朗の質問に答えられていないのだ。忘れたふりしている。だって答えを全然思いつかない……。

「ダラダラまっすぐな道で、退屈だな」

多朗がぼそっと言う。不機嫌な言い方なのは、そのキモいオッサンのことを考えているから？　それともぼくが結局答えなかったことに気づいたせい？

このあたりは、街灯もなくて、車が途切れるとほんとに暗い。遠くの江の島の灯台が、ときどききらっと光るくらいだ。こんなに歩いているのに、なかなか島は大きくならない。

「あ、暗いじゃん」

多朗が言うので、前方を見ると、江ノ電の鎌倉高校前駅のホームは、もう電気が消えていた。

「今日の電車、終わったんだな」

「みたいだな」

また会話が途切れて、ぼくらはだまったまま歩いた。小動の交差点の先には小動神社があって、夜中に探検したら面白そうだったけれど、多朗に「いや、いいよ」と冷たく言われるかもしれないと思って、そのまま通り過ぎた。

「江の島がでかくなったなぁ」

腰越（こしごえ）漁港の前まで来たとき、多朗が久しぶりに声を出した。そのまま会話を続けたいと思って、ぼくは口を開いた。

「目が怖（こわ）いのは、キモいオッサンだけじゃねーよ」

「え？」

「ぼくのお父さんの目も怖いんだ」

父親とかオヤジ、という言い方をしたほうが男らしいのだろうけど、ぼくのお父さんはどう考えても「オヤジ」なんて言い方が似合う人じゃなかった。お父さん。「お」を取って「父さん」にすることすらできない。

「へえ、厳しいおやっさんなんだ」

さっきの怪談（かいだん）と違（ちが）って、ストーリーがあるわけでもオチがあるわけでもない。ぼくは少し疲（つか）れてきたのかもしれなかった。口が勝手に動くのを耳が聞いている状態になっていた。

「一見、別に厳しくないんだ」

そう言ったぼくの声が聞き取りづらかったみたいで、多朗は車道に降りて、すすっと小走りにぼくを追い越（こ）して前へ出た。

「そんで？」

と振り返りながら言う。

「一緒にゲームとかもやってくれるし。でもさ、それがぼくはイヤなんだ」

「なんで。いーじゃん。一緒に遊んでくれるオヤジさんって」

「うますぎるんだ」

「え」

「うちはゲーム一日三十分って決まってるからさ、なんかのゲームのステージを一つクリアするのに一週間はかかるんだ」

「うん」

「でも、お父さんは三十分でクリアしちゃう」

「すげー」

「前に五百ピースのパズルをやったことがあってさ。五百って言ったら、けっこう難しいほうなんだぜ。最初の頃って、四つの隅っこのピースを見つけるのも大変なんだ」

「うん。おれも三百ピースならやったことある。すぐにはできなかったぜ」

多朗が一生懸命聞いてくれるので、ぼくはホッとした。そうか、質問に答えられなかったら、自分の話をする、っていうのも「答え方」の一つなのかもな。

「だろ。でもお父さんは、これはここだろこれはここだろ、って言って、ピースをどんどん組み合わせていっちまうんだ」

「ああ、自分がやるより前に、先に進められちゃうとムカつくときってあるよな」

そういうことじゃないんだ。

「こええんだよ」

「え、そうか？　どこが」

「ぼくが一度話したことも、全部覚えてるんだ。友達の名前も一度言ったら忘れない。あのとき、おまえはああ言っただろ、って三年前の話とかも出してくる。つまりさ、異常に頭がいいんだ」

「それって、こええのか？」

「だって、お父さんは、ぼくもそういう頭を持ってるって信じてるんだ。まだ、少しスタートが遅れてるだけだって。母さん──母親も『伊吹は大器晩成型なのよ』ってしょっちゅう言う」

「へー。じゃあ、そうなんじゃね？」

「自分の頭のことくらい、自分でわかるよ。お父さんとは全然違うんだ」

「そんなに天才なのか？」

「ぼくが受験する聖慶学園っていうのは、お父さんが出た学校でさ。中学でも高校でもお父さんは一番で、東大に入って」

「東大？　す、すげー」

「で、大学生のときから、インターネットの仕事でバンバンお金稼いで」

「マジかー！」

「今の会社では、社長の次の次くらいに偉いんだ。きっともうすぐ社長になる」

「おまえも同じようになれって、期待されてるんだ？」

「なれるわけねーよー！」

ぼくは江の島に向かって怒鳴った。押し寄せる波の音に、あっさり吸収されてしまった。

腰越海岸まで来ると、島は一気に大きくなった。橋の向こうに立っている建物のかたちまでよく見える。

少し先の浜辺では五分に一回くらい、ひゅるひゅるひゅるひゅると音を立てて、花火が上がっている。こんな夜遅くに、四人の大人たちが騒ぎながら火をつけているのが見えた。彼らは自分たちが遊ぶのに夢中で、もちろんぼくの声なんて気に留めるはずもなかった。

やっとぼくも不機嫌になる権利を得た気がして、黙りこくったまま歩いた。このあたりは、暗かった七里ケ浜のあたりと違って、夜中も開いてるレストランやマックやケンタッキーが並んでいて、ときおりまぶしいくらいだ。たしかこのあたりが、鎌倉市と藤沢市の境目だと学校で教わった気がする。

「わりぃ、おれ、なんかよくないこと言ったかな」

多朗がぼそりと言ったので、ぼくはあわてた。さっきの発言を気にしていたなんて、思わなかった。

「おまえじゃなくて、江の島に言ったんだよ。つか、本当はお父さんに言いたいんだ」

「そっか」

「お父さんは、二十歳のころから天才プログラマーって言われてたって。そんなんなれるわけない。聖慶学園にもし入れたって、一番になんかなれない。合格するのがやっとのやつは、入学したらビリになるじゃないか。頭いいやつなんて、全国にいくらでもいるんだ」

「じゃあ、そう言ったらいいじゃんか」

「でも、目が怖いんだ。あの目を見ると言いたいことが、のどの奥に消えていっちゃう」

「そっか……こええのか」

「お父さんは、怒鳴ることもなくて、しゃべり方も穏やかで、でも、面白いことを言っても目だけ笑ってないんだ。いつも、ぼくに値段をつけるとしたら、いくらくらいか考えるような顔で、ぼくをながめてる」

なんでこんなことまで多朗に話してるんだろう。きっと親しくないからだ。毎日学校で遊んでるやつらにこんなこと話したら「伊吹が壊れた」って、陰でうわさされるだろう。

「あれ、展望台かな」

ぼくは、歩道からつながっている小さな建物を指差した。海外の童話の本に出てくるような、かわいらしい丸い塔だ。

ふたりで争うように、数段の階段を上った。そこは、せり出したバルコニーのようになっていたので、一番奥まで行ってフェンスにもたれた。

「あー、だいぶ歩いたよなぁ」

数メートル下に砂浜が広がっている。前方には大きな橋があって、江の島へとまっすぐ延びている。

「この展望台、夏は混みそうだよな。江の島の景色をひとりじめしてるって感じだもんな」

そう言うと、多朗はバルコニーから観客にこたえるどっかの国の王様みたいに両手を広げた。

「今はおれさまがひとりじめー」

ぼくもいるだろ、と言ってやろうかと思ったけれど、別のことを聞いてみた。

「多朗は、将来って考えたことあんの?」

ないよな、と内心思いながら。ぼくの、見通しの暗い未来を話してしまったのが、なんだかカッコ悪すぎる気がしてきて、「貸し」を作った気がしていた。多朗にも、きまり悪い思いをちょっとはさせてやりたい。

「まあな、決めてるよ」

予想に反して、多朗はにっと笑った。

「おれ、中学でヤンキーになるんだ」

どんな将来だよ、それじゃ卒業アルバムの「将来の夢」には書けねーぞ、と思いながらもぼくはさらに聞いた。

「じゃあ、その後は。まさか高校で族？」

「まぁな。で、高校出たら北海道に行く」

「北海道？」

「じーちゃんとばーちゃんが畑やってんだ。すんげ、でかいの。後継ぎがいねぇ、って聞いたから、高校出たらおれ、農業やるって決めたんだ」

「もうお母さんにも？」

「言う必要ねーし。スナックって女の人が経営するもんだろ？　男は後継ぎになれねーから、どっちにしろあの店をおれがやることはないし、問題ないんじゃん？」

「そっか」

「だから、高校までで悪いことといっぱいやってやるんだっ」

そんなことを言っている多朗が、ふしぎともう怖くなかった。それより、すごいと思った。なんだよ、農業って……。

ぼくが考え込んでいると、多朗が急に鼻をひくひくと動かした。

「なんか、くさくねぇ？」

「うん、実はさっきから気になってた」

フェンスから身を乗り出した多朗がわめいた。

「あー、これトイレじゃねえかよ。おしゃれっぽい建物だけど下はトイレだ。ここは屋上なんだよ」

多朗は逃げ出すように展望台を降りて、さらに石段を駆け下りて砂浜をダッシュした。ぼくも追いかけたが、笑いすぎておなかが痛い。

「トイレの上で、『おれさまがひとりじめ』とか喜んでたやつがいたー」

「うるせぇな」

ぼかっと空をなぐりながらも、多朗も笑っている。ぼくが砂の上に座り込むと、やつが近づいてきた。疲れたのか、足がややもつれている。

「伊豆じゃなくても、いっか」

多朗もどっかと腰を下ろした。

「え？」

「星月夜天神の南西にある場所って言ったらさ、別に江の島でもいいんじゃん？」

「うん、いいかも」

自分の都合でゴールを変えるなんて、神様は怒るかもしれないけど、結局伊豆まで行けませんでした、ってことになるよりはマシな気がする。というより、実を言うとぼくもだいぶ疲れていた。

「よし、あと少しだぁ。なら頑張れるぜ」

多朗が勢いよく立ち上がってそのまま歩き出したので、あわてて追った。のどが渇いているけれど、江の島に行けばどこかにきっと水道があるだろう。

この時間は、島へ渡る車は一台もない。風にときおりあおられながら、ぼくたちは進んだ。橋の下を、波が寄せたり返したりする。ちゃぷちゃぷ、ざぶざぶ、という音だけがひびいてくる。

近づいてくる島は、遅い時間だから当然だけれどしんとしていた。ホテルや旅館があるので、泊まってる人はいるはずだが、今夜に限ってはもしかして、誰ひとり島にいないのかもしれなかった。

ようやく着いた。街灯と、いくつかの店の門灯だけがついている。首輪をしていない猫が一匹、通り過ぎて行った。そいつをニャーと鳴かせたくて追いかけたけど、声を上げないまますするりとフェンスの下をくぐって消えてしまった。

「お祝いしようぜ」

ゴトンと音がしたので、そちらを見ると、多朗がオレンジジュースの缶を一つ買ったところだった。

「金、持ってたのかよー」

早く言ってくれたら、心細くなかったのに。

「五百円玉ひとつ、ポケットに入ってた。ほんとはジュース二本買いたいけど、一応とっとかないとな。明日の電車賃」

「電車賃？」

「歩いてきた道、歩いて戻んの疲れんじゃん？　だから、明日の始発の江ノ電乗らねぇ？　おまえも『早起きして、ちょっと散歩してきた』って言えば、おやっさんに怒られねーだろ」

「あ、うん……」

「で、今、ベンチで寝っ転がって休んどきゃ、明日のテストも受けられんだろ？」

多朗は、バス乗り場の前にあるベンチを指差した。こいつは、ぼくなんかよりよっぽど頭がいいのかもしれない。いつも先のことを考えていて。でも、お礼を言うのはくやしい。

「そうだな。ベンチ見たとき、ぼくもそう思った」

多朗は「ウソつけ、今思いついたんだろ」と追及することなく、だだっと走って、ベンチに寝転がった。

「おれ、ここ取り～」

だからぼくは、だだっと近づいて、寝転がった多朗の手からオレンジジュースを奪い取った。

「これ取り～」

「おい～！」

多朗が起きあがる。その頃には、ぼくはもう缶を開けて、ごくごくごくと飲んで、それからしぶしぶ、という顔で渡した。

のどの渇きがなくなって安心したみたいで、多朗の隣のベンチに横たわったとたん、ぼくのまぶたはグッと下がって来た。先に寝たら、多朗になんかいたずらされるかも。寝るならこいつよりも後だ……。せっかくすぐそばに公衆トイレがあるんだから行っときたいし。でも、身体が動かない。月がどこにあるか探そうと思ったけれど、見つけられないまま目を閉じた。


夢かと思っていた。でも、音がちょっとでかすぎる。ヴィンヴィンヴァオンヴァオン。その音は、ますます大きくなってきた。耳をふさごうとして、ぼくは目が覚めた。

やべぇ。

人生最大のピンチかもしれない。目の前の道路をバイクが何台も通り過ぎて行く。普通のバイクじゃない。車体が紫色に光っているやつや、すごい爆音がするやつ。

「あれ、子供がいるじゃん」

誰かの声が聞こえる。逃げなきゃ。多朗は、と思ってベンチを見ると、そこには誰もいなかった。ぼくを置いて逃げたのかよ。最低だよ。

このまま路地に逃げ込んで、バイクが入ってこられないような裏道に隠れよう。さっきの猫みたいに、フェンスをするりとくぐる術があれば……。多朗、後でぶんなぐる。走りだそうとしたところで、気がついた。

お土産物屋のシャッターの前で、赤くて大きいものがうずくまっている。多朗だ。背中をまるで亀の甲羅みたいに曲げていた。そして、ゲホッゲホッと苦しそうに頭を揺らし、吐いていた。

「不良少年がいるぜぃ」

後ろから声が聞こえる。一緒に逃げ切れるか。無理かもしれない。ぼくは自分だけ隠れようかと思った。多朗がそこにいることに気づかなかった、と後で言えばいいんだ。とっくに先に行ったと思ってたよ、と。

でも、足はまっすぐ多朗のほうに向かっていた。

「おい、大丈夫かよ」

ゴホッと多朗が身体をしならせるようにして、また吐いた。酸っぱい匂いが漂う。

「おれ、キライなんだ」

多朗が、声をしぼり出すようにして言った。

「何が」

「バイク乗ってるやつ、大嫌いなんだ！」

その大声は爆音に消されたけれど、一番そばを走っていた人にだけは聞こえてしまったみたいで、少し先まで行って、そのバイクは停まった。

「ぼくぅ、なんか面白いこと、今言ったぁ？」

やばい。やばすぎる。ぼくは必死に言った。

「おまえ、高校入ったら、族に入りたいんだろ。さっき言ってたじゃんか。憧れてんだろ」

そう言ったら、怖い人たちが笑って許してくれるんじゃないかと思った。なのに多朗は、

「ウソに決まってんだろ。族になんか、誰が入るか、バカ」

と大声で言った。もう終わりだ。なぐられて、海に突き落とされる。頭のいいお父さんも、
さすがに息子・伊吹の一生がそうやって終わるとは思ってなかっただろうな。

多朗に覆いかぶさるようにしゃがんでいるぼくのＴシャツを、後ろから誰かがつかんで
引っ張った。そのときだった。

「ねえ、おまえら、なんなの」

バイクの一番後ろから三台の車が来ていて、そのうちの一台のドアが開いた。

「あれ、多朗？　何やってんだよ」

会ったこともないのに、ぼくはその人が誰だかわかった。

幸司ニィ！

多朗の隣の家に住んでいる高校生。前はよく、一緒に晩飯を食ってた、とさっき多朗が
言ってた人。

果たして予想したとおりで、

「あ、幸司ニィ……」

多朗が顔を上げた。その顔が、エサを三日くらいもらってないウサギみたいに弱々しく見えた。ぼくも今、こんな表情をしてるんだろうか。

「幸司の知り合い？　こいつ今、変なことホザいてたんだけど」

「ばーか。小学生のガキにマジギレすんな。あっち行っとけ」

「なんだ、小学生か。どこの中学かと思った」

意外とあっさり、ぼくのTシャツを放して、その人はバイクにまたがった。島の奥のほうで集会をするのか、それともぐるっと回ってくるだけなのか、他のバイクも車も、みんな行ってしまった。ヴィンヴィン、という音も、遠ざかっていく。

「どうした。家出かよ」

幸司ニィがしゃがみこんでも、多朗は答えない。彼は、ぼくのほうを見た。

「友達？」

まあ、友達……。昨日まではほとんどしゃべったことなかったけど。

「はい。さっきまで元気で、でも寝て目が覚めたら、多朗がこんなで。食中毒とか――」

「いや、そうじゃねーよ」

多朗を立ち上がらせて、吐いたもので汚れたTシャツをぬがせながら、幸司ニィは言う。

そして、トランクから出したタオルケットを羽織らせて、車に乗せた。普通の黒い車に見えるけど、窓にフィルムが貼られていて、多朗が見えなくなった。幸司ニィはぼくも乗せてくれるんだろうか。いや、乗らないほうがいいのか。だって無免許運転だったら……。

「多朗は、バイクがダメなんだ」

「え？」

「こいつのオヤジさん、バイクにはねられて死んだんだって。よほどショックだったんだろうな。六歳のときのことなのに、いまだに夜中にバイクがたくさん走ってるとうなされることがあるって、こいつのおふくろさんに聞いたことあんだよ。あ、おれらの名誉のために言っとくけど、はねたのは族じゃねーよ。飲酒運転のサラリーマンのカブだよ」

「そうですか……」

ぼくは、自分のお父さんの話をいっぱいしたけど、多朗のお父さんのことは何も聞かなかった。この世にいないんだから、話すことはないだろうと思ってたのだ。でも、そうじゃなかった。

「おまえら、家出してどこまで行きたいの。連れてってやろーか」

「あ、えーと。ここがゴールだったんで」

ははは と幸司ニィは笑った。眉毛をそりこんでいるのに、声は、テレビの歌のお兄さんみたいに朗らかだ。

「じゃあ、帰るつもりだった？」

「はい」

「なら、送ってやるよ」

「え？　でも、他の人たちは」

「別にいいんだよ。ちょうどおれたちも江の島がゴールで、今夜はこれで解散だったんだ」

シャッターの前に、多朗の吐いたものが残ってる。お店の人、ごめん。そう謝って、ぼくは車に向かった。幸司ニィの他に族の人はいなかった。多朗が後部座席で横になってるので、ぼくは助手席に乗せてもらった。

これで、警察につかまったらどうなるんだろ。暴走族の車に、小学生が乗っているという状況。お父さんとお母さんはどれだけびっくりするかな。ふたりの怖い顔を想い浮かべたけれど、ぼくはふしぎと胃がぎりっと痛まなかった。それより、そうなったら面白いのにな、という気さえしていた。

車が走り出して、江の島大橋を渡りきって右折したとき、後部座席から多朗がむくっと起き上がった。

「ねえ、幸司ニィ。伊吹、聖慶学園を受けるつもりなんだって。でも、入ったらきっと勉強についていけないって心配なんだって」

ぼくはギュッとこぶしを握りしめた。多朗のやつ、ぺらぺら他の人にもしゃべるとは思わなかった。クラスのやつらにも話すつもりだろうか。ミラー越しに思いきりにらみつけようとしたけど、暗くて目は合わなかった。

　でも、幸司ニィに対して怒ってはいけないというのはわかっていた。だから、

「ふーん、聖慶ねぇ。自分が行きたいわけ？　親が入れさせたいわけ」

　と幸司ニィが聞いてきたとき、ぼくは素直に答えた。

「親、です」

「だったら、無理すんな。おれみたいになるぞ」

「え？」

「おれ、中学んとき、聖慶にいたんだ」

「ええっ」

　多朗がなぜそんな話をしたのか、初めてわかった。

「あそこ、頭のいいやつにとっては楽しい学校だけど、そうじゃないと大変だぜ。おれ、中二のとき、留年したんだ」

「え……」

「病気になって、三週間学校休んだら、もうついていけなくなっててさ」

「それだけで留年？」

「そう。普通だったらすぐ取り戻せるけど、あそこは授業の進み方が速すぎるんだ。で、中

三のときも成績ボロボロで、『このまま高校には上げられないから、さらにもう一年留年するか、よその学校に行くか決めろ』って言われたんだ」

「それって……ひどい」

「ホントひどいぜー。だったら、中二のとき、留年する前にそう言ってくれたらよかったんだ。それでおれ、聖慶をやめて、でも公立でみんなの一年後輩をやるのも嫌で、そんで知ってるやつのいない定時制ってとこ入って、今やっと最高学年の四年目。もう二十歳っス」

ぼくはどう言っていいのか、わからなかった。

「定時制、すげー楽しいよ。って今は言える。でもやっぱ、くやしいな。自分で回り道を選んだんならいいけど、聖慶に無理やり回り道させられた、って気持ちはある」

「そうですか……」

「まあ、いいこともあるけどな。まともなライン外れると、親が『腫れものにさわる』って雰囲気？　免許を取る金も払ってくれたし、車も買ってくれたし。でもなー、小学校んときの同級生は、もうちゃんと働いたり、大学行ったり。おれってなんなんだろうなぁ、って思うわけよ」

そっか。無免許じゃなかったんだ。ぼんやりそんなことを思っている間に、稲村ヶ崎の切り通しを通って、車は大きく左へカーブした。さっき歩いた遊歩道があっという間に後ろへ遠ざかっていく。

後部座席が静かだなぁと思って、ちらっと見ると、多朗は顔の上にタオルケットをかぶせていた。眠っているのかな。いや、起きている気がする。

「家どこ？」

幸司ニィに言われて、ぼくは、

「あ、すみません。じゃあ次の信号で。そっから近いんで」

と坂の下の交差点を指差した。幸司ニィは車を止めて言った。

「なんかあったら、多朗かおれにいつでも相談しろよ」

相談。そういえばぼくは、今まで誰かに自分のことを相談したことは一度もなかった。弱いところを見せちゃダメなんだと思っていた。むしろ、他人の弱いところを見つけて、そこをやっつける。そうしないと一流になれないんだ、と信じてた。そんなぼくに、クラスの誰も、相談事を持ちかけてきたことはなかった。今日の多朗以外は。

車が走り出す。後ろの窓から、多朗の腕が一本伸びているのが見えた。やっぱり起きてたんだ。ぼくも手を振った。

また月曜日な。あれだけ話したのに、話したいことがますます増えたよ。おまえの質問の答えも見つけたいんだ。

路地に入った。もう、たいていの家の門灯が消えてしまっている。その暗がりのなかで、ぼくは笑い声をもらした。手で押さえてみたけど、もれてくる。だって、信じられないじゃないか。この道を通ったのが、たった数時間前だなんて。

ここを左に曲がれば、スタート地点の神社に戻る。もう一度、あの中吉を見たかったが、ぼくは通り過ぎた。先にやることがある。ポケットの中にある、真っ二つに裂けた大吉のおみくじ。それをきちんとテープで貼り合わせなくちゃ。

そして朝になったら言うんだ。今日の模試は受けないって。塾にはもう行かないって。お父さんの目をちゃんと見て言えるか、自信はないけれど。

その後、ぼくはもう一度、神社に行く。手が届くかぎり高い枝を見つけて、貼り合わせたおみくじをしっかりと結び付けるつもりだ。

15歳

教室の外のベランダに、死にかけたアブラゼミがいる。もう飛ぶことができないようで、時折ジージーと、床を這いまわる。いわゆるセミ爆弾ってやつ。ガラス越しでもけっこうな音量なのだ。

あと少し、静かにしていてくれよ、とおれは願っている。

ちょうど校内放送がクライマックスなのだった。もっとも教室のなかは、聞いてるやつばっかりじゃない。弁当タイムなのだが、ぺちゃぺちゃ関係ないことをしゃべっているやつも五、六人いる。別にいいけど。

おれは弁当箱の隅っこにある最後のおにぎりをつかんで、頬張った。

「はい、今日の『江ノ電恋物語』はこれで終わりです。続きはまた来週。じゃあここで一曲」

五分間の原稿を読み上げる間に、才華は一回も噛まなかった。めずらしい。

才華は放送委員会の後輩で、二年生。おれが今月末に引退したら、部長を引き継ぐことになっている。ぽっちゃりしてて、肌の色が浅黒くて、入部してきたときは「おはぎ」に似てると思った。でも、声だけ聴いてると、美人アナなんだ。今後は、噛む回数がもっと減ることを期待している。

昼休みの校内放送は毎日二十分。初めに生徒会からの連絡事項を伝えて、音楽を流して、その後が『江ノ電恋物語』なのだった。ほんとはラジオドラマ風にしたかったけど、じゃあ音響どうする？　とかいろいろややこしくなってきたのでやめた。才華が抑揚つけて読み上げているだけだ。

おれが作者だということは、クラスのみんなもとっくに知ってる。

「伊吹。今日のもオモロかったぜ～。来週は何線？」

弁当箱の蓋を閉じながら、そう話しかけてきたのは、斜め前の修哉だ。同じクラスになったばかりの頃は、まったくしゃべったこともなかったが、今ではほとんど毎日言葉を交わす。撮り鉄ってやつで、休みの日にはいろんなとこ行って、電車の写真を撮ってるんだそうだ。だから、「江ノ電」が主人公のこの物語に激しく反応してくれるのだった。

「あー、来週は山手線」

「へー、いよいよ東京進出か！　そうか、県外もありなんだな。そしたら、おれ、ぜひ取り上げてほしい路線があるんだけどなぁ」

「何？」

「青海川駅のある信越本線。やっぱり海のそばを走っててさ、江ノ電と似てる気がすんだよ」

「へえ、調べてみる」

残念ながら採用できないけどな。今月いっぱいでおれは引退するから。そう思いながらも、今は言わない。

『江ノ電恋物語』の主人公は、江ノ電だ。おれたち由比ヶ浜中学の生徒にとって、一番身近な電車で、毎日これに乗って通学してるやつもいる。おれは徒歩二十分のところに家があるから、乗らないけど。

で、そんな江ノ電が、東海道線や小田急線や横須賀線といった、神奈川県内を走る他の電車に出会って恋に落ちて、結局失恋して湘南に戻ってくるという、しょーもない物語なのだ。でも、意外とウケている。

おまえが、自分で物語を読み上げたらいいのに、とよく言われるけど、おれはMCは苦手で、裏方のほうが好きなんだ。だから、後輩たちともうまくやれてる。二年生、一年生は、とにかくマイクの前に座りたいっていうやつばかりだから。

弁当箱をかばんにしまって、両肘をついてぼんやりと前のほうを見る、というポーズを作った。もっとも目のほうはぼんやりどころか、右斜め前の席にがっつり焦点を合わせている。そこには由貴がいて、弁当箱を包んでいた布ナプキンで、口元を拭いていた。

由貴のことを好きな男子は、クラスに何人かいると思う。派手じゃないし、世話好きでもないから、クラスの女子のなかでそう目立つほうではないけれど、大きな目は少し垂れ気味で、いつも潤んでいる。満面の笑みを見せることはほぼなくて、女子同士で笑いあっているとしても、声は出さずに口角をちょっと上げている程度だ。それが、とても上品に見える。

でも、そんなことよりおれが気に入っているのは、声だ。女子にしては少し低めの声で、まるでビロードみたいになめらかで、言葉の頭、もしくは最後が鼻にかかることがあって、それが高貴に聞こえる。しゃべり方がゆっくりなところもいい。放送部のアナウンサーにも、こういうタイプがいていいと思うのだが、彼女はボランティア部に所属しているのだった。

放送はまだ続いている。

音楽が終わって、今度は二年男子の武藤がしゃべりだした。

「最後に、『由比中マル秘噂話』のコーナーでぇす」

今までしゃべってたやつらも会話をやめた。教室内が静かになる。おまえら『江ノ電恋物語』より噂話のほうがそりゃ好きなんだろうな、とおれは心のなかで突っ込むけど、別に悪い気はしない。この噂話のネタを作ってるのも自分だからだ。

週に一度だけやってるコーナーで、いつもこの日は放課後まで盛り上がるんだ。

「今から話す噂話のなかで一つだけほんとのことがあります。残り二つは根も葉もない話ですよ〜。さて、あなたは本物が見破れるんでしょうか〜？」

武藤は、入学したばかりの頃は声が高かったのに、今はおれより低くなった。くぐもって聞き取りにくいので、大きな声でしゃべるようにと指導している。

「噂話その一。二年C組の某アイドル好き女子さんは、ファンレターを送ったらなんとそのアイドルくんから返事が来て大喜びしてるのですが、その手紙に電話番号が書いてあって、かけるかどうか悩んでいるそうですー」

「これ、嘘でしょ。返事なんか来ないでしょ」

「電話番号ってことないんじゃない？　メールアドレスならわかるけど」

誰か女子がツッコミを入れていて、おれは鋭い、と思う。これは頭のなかでこしらえたネタなんだ。

「噂話、その二。某数学の先生が、先週末、リカルドホテルのラウンジでお見合いをした。結婚を前向きに考えてるらしい」

「うそー。立科だったりしてー」

具体的な名前を挙げて騒いでるやつがいる。

「噂話、その三。3年A組の――」

「うちのクラスじゃん！」

「シーッ」

「物静かな某男子は、実はお笑い芸人になりたくて、コンテストに応募しているらしい」

「えー、誰？　物静かって。衛藤？　衛藤は物静か？」

指名された衛藤は、苦笑しながら手を左右に振っている。

これ、正解は「その二」だ。先週末、買い物に行った先で偶然、目撃したのだった。立科先生じゃなくて鈴木先生が紺色のワンピースを着て、かしこまった顔で座ってたのを。ホテルに忍び込んで、ちゃんと会話まで聞いたので間違いない。

「あくまで、二つは根も葉もない話ですからねー。正解は一つだけですよ。そして、正解の発表は……ありませーん。みなさんのご想像にお任せします。ではまた来週！」

教室内ではまだ「物静かな男子」探しが行われている。

ちらっと見ると、由貴はその輪のなかには入らず、引き出しのなかの教科書を机に並べて、整理を始めていた。

去年、おれたちが放送委員会を引き継いでから校内放送もずいぶん変えて、みんなに面白くなったと言われた。体育の膳場先生が、「内容が軽すぎる。不謹慎ではないか」と文句を言ってきたことがあって、それでみんながより声高に「面白い面白い」と支持してくれるようになった。

ありがとう。

素直な気持ちはもちろんある。でも、それは心のなかの三十パーセントくらいだ。あとの七十パーセントでおれは、違うことを考えている。

本当に面白いのか？

もしあっちの学校に通っていても、クラスメイトは同じように笑ってくれただろうか。いや、絶対そうではないだろう。すぐに否定してしまう自分がいる。

聖慶学園。

首都圏でもっとも難関だと言われる中高の一つだ。おれがあのまま塾に通っていたら、ぎりぎり合格できたのか、できなかったのか、もう答えを知ることは一生ない。父親に反抗して、塾をやめてしまったからだ。

そして受験をすることなくこの公立中学に入学した。その選択は正しいと思っているはずなのに、一日に三回くらい比較してしまうのだ。もし、聖慶だったら、どうなんだろう、と。

あの学校なら、こんなレベルのものでは誰も笑わないのではないか。『江ノ電恋物語』なんてクソみたいだと言われるのかもしれない。校内放送はもっとレベルが高いのかもしれない。いや、それともそんな無駄なことに時間を費やしたりせず、昼休みもみんな黙々と自習してたりして――？

おれが由貴のことを好きなのは、もう一つ理由がある。彼女は、中学受験に失敗したのだ。

噂では、神奈川県で一番古い歴史をもつ欧華女学園を受けるはずだったらしい。なのに、試験日前々日に、インフルエンザにかかってしまって、会場にすら行けなかったのだった。

　聖慶ほどではないけれど、欧華も難しい。そこに行けたかもしれないのに、今ここにいるおれたち。そんなふうに自分たちをくっているやつがいると知ったら、きっと由貴は軽蔑するだろう。

　そんな由貴の机の端に、マスキングテープが貼られていることに気付いた。その絵柄は、水族館の人気者をマンガ化したものだ。クラゲタロウとクラゲモモのコンビ。のんびりしたクラゲモモに対して、クラゲタロウは攻撃的で、隙あらば毒針で刺そうとするキャラなのだった。

　ふうん、キャラとか好きじゃない醒めたタイプかと思ったら、意外とかわいらしいところ、あるんだな。

　じっと見つめていたら、急に彼女が問いかけてきた。

「死んじゃったのかな」

　おれは何のことだかわからず、

「へ？」

と、首を伸ばすという、間抜けなリアクションを見せてしまった。

「セミ」

「あ？　セミ爆弾のこと」

「ひどい。爆弾なんて」

彼女は苦笑した。

「あ、いやほら、死んだと思ったら、ジージー動き回るからさ」

由貴は、ベランダのほうに目線を向けた。そのまつげが驚異的に長いことに気づく。これ、つけまつげってやつだろうか。それとも、もともとの長さか。目を開いたり閉じたりすると
きに、おれの倍くらいの力が要りそうだ。

「死んじゃってたら、悲しいね」

「え？」

「死ぬのって、怖くない？」

「え、人間ならわかるけど、あんなちっこい虫でも？」

前の席のやつも、おれの隣の席のやつも、放送が終わると同時に教室を出て行っていた。

そのことに、密かに感謝した。誰かが軽く混ぜっ返した瞬間、この会話は終わってしまうか
ら。

「小さい頃にね、うちのワンコが死んじゃって」

「犬、飼ってたんだ」

「うん」

正確には「んん」と聞こえた。鼻から声が抜けていく。

「朝起きたら、ワンコが突然死んじゃってて、心臓麻痺だって」

「そうか」

「それから、どんな生き物も、見たくない。死ぬ瞬間。いっとき、道を普通に歩くこともできなかったの」

「え」

「アリンコ、踏んで殺しちゃうんじゃないかと思って」

「自分が死ぬ瞬間とかも、想像できないよな」

「そう。そうなの」

おれは立ち上がって、ベランダへ出る扉を開けた。これ以上話したら、魔法がかった時間が突然溶けてしまいそうな気がした。由貴が求めていないガサツな言葉を発して、がっかりした表情を見ることになる予感があった。

おれはセミ爆弾を探した。

重ねられた植木鉢のすぐそばで、そいつはひっくり返っていた。もう死んじゃったか、と思ったけれど、足音がセミを蘇らせたみたいだ。ジーッ、ジーッ、と猛スピードで回転し始めた。

「おっ」

思わず声を上げながら、おれは窓から由貴を探した。目が合った。

「生きてた」

彼女がふふっと微笑んだ。

「こんなとこで死ぬの、ヤだろ？　放してやるよ」

セミ爆弾のためではなく、由貴のために、どこか安住の地を探してやろうと見回した。

ここは三階で、教室の様子を窺うかのように、エゴノキがそっと枝を伸ばしてきている。その葉っぱにセミを乗せてやることにした。

しかし、こんなときに限って、セミはまったく人を寄せつけないのだった。

「おい、止まれよ」

ぐるぐる無駄に回り、壁にぶち当たって、羽や胴体を傷つけながら、ジーギージーギーとうるさく鳴きたてていた。

少し時間を空けるか。

おれは汗をぬぐって、校舎の端から見える海を見つめた。朝は水色の海が、昼休みになると太陽の光を受けて、銀色に変わる。

そのことを知っているか、由貴に尋ねたかったけれど、やめておいた。

*

南西の方向にあるうちのクラスの教室は、日差しが強すぎるから、午後はブラインドを下ろす。だから、教室を出てから、日光の強さに目がくらくらするのだった。

ホームルームが終わって、放課後になるといつも一階の放送室へ一瞬顔を出す。部員たちのロッカーがあって、おれはそこに、授業では使わない参考書や本を置いているのだ。

下校時の放送を受け持つ部員がちゃんと来ているかを確認するためでもあるのだが、それはあまり重要ではない。というのも、部員たちのほぼ全員が放課後、顔を出して、放送室の隣の控室でぺちゃくちゃおしゃべりをしていくからだ。担当者がいなくても、他の誰かがフォローできる。そのあたりの雰囲気はいい。

「あ、センパーイ」

「お疲れ様です。お菓子ありますよう」

後輩たちの誘いを軽く受け流して、おれはさっさと放送室を出る。

父親が、何年か前に母親にしゃべっていたことが頭に残ってるんだ。

上司は、出勤は遅めに、退社は早めにしたほうが好かれるんだよ。うちのボスは真逆で、朝誰より早く出勤して、夜も帰らない。そうすると部下たちも気を遣うんだよ。

父親の言うことなんて、全部拒否、全部聞き入れたくない、と思っているのに、影響を受けてしまっている自分がいる。

おれがいないほうが二年生がくつろげるんだろうな、と思って、三年生になってから、控室を明け渡した。あとふたり、三年生はいるけど、彼らは塾が忙しくて、ほとんど幽霊部員だから。

　一階の端にある図書室へ向かおうとしたときだった。後ろから、

「よう、伊吹」

　と、声が聞こえた。顔がほころぶ、っていう表現はこういうときに使うんだろうなぁ。頭のなかでそう思いながら振り返る。

「よっ」

　多朗がいた。ワイシャツのボタンを一つ多めに開けて、手のひらをパタパタ煽いで、首筋に風を送り込んでいる。

「今日の放送、ウケた。やっぱおまえ、おもしれーわ」

　いつも真正面からほめちぎってくれる。

　他の人に言われたら、ここは謙遜しなきゃいけないだろ、などと計算が働くが、多朗に関しては真に受けても、冗談にしてもかまわない、という安心感がある。

「また今日も天才が炸裂しちまったわ」

「ひー、自分で言ってら。まあ、前からそうだったもんな～。おまえ、しゃべりがうまいもん」

「え、前から？」

「ほら、一緒に江の島まで行った夜もさ、怖い話、聞かされて。おれ、夜の海、しばらく近づけなくなったわ」

「あ、ブイの話か」

「そう、女の髪にまとわりつかれるとか」

「あれ、おれが作った話ってバレてた？」

「いや、半信半疑。やっぱ作り話だったのかよっ」

「どっかの怪談集、アレンジした」

「サイアクだなっ」

手をグーにして、パンチする真似をしてきた。全然当たる距離じゃないのに、おれは上半身を大げさにひねって、それをかわす。

たしかにあの頃だった。自分は作文とか創作とか、そういうものが得意なのではないか、と気づいたのは。

この学校に入って、放送部を見学しに行ったとき、「新しいコーナーの企画出してよ」と先輩に言われて、試しに言ったネタが即採用となった。居心地いいかもしれない。そう思って入部したのだ。

「ほんとは、伊吹もバスケ部誘おうかな、って思ってたけど、誘わなくてよかった。おまえ、放送部のエースだもんな」

ちらっと周囲を見回して、放送部員がいないことを確認してからおれは言った。

「え、そうなのかよ。おれ、ほんとは運動部に入ろうかと思ってたんだぜ」

これは本当の話だった。放送部をのぞく前は、実は野球部あたりに興味があった。多朗がもし強く誘ってくれたら、バスケ部に入ったかもしれない。

「よし、じゃあ、今からバスケ部入れ。おれが指導してやる」

「じゃあ、今からレギュラーを目指します！　って遅いだろ」

「三年遅かった」

けたけた笑う多朗の横を、一年の女子たちが急ぎ足で通り過ぎて下駄箱へ向かっていく。

多朗は背が学年で一番高くて、がっしりと肩幅が広い。額に細長い傷がある。思いきり殴られたことがあるのかないのか、唇が少しだけ歪んでいる。それらが、怖い雰囲気を作っているのだ。笑うと、目が弓なりに細くなって、おれから見ると親しみやすい顔になるのだが、下級生には、かえって怖く見えるのかもしれない。

「もう一度やり直せるなら……おれ自身、バスケより、違う部活選びたかった」

多朗が壁にもたれて、天井を見る。

「え、そうなのかよ？　バスケのキャプテンだったくせに？」

「テニス部かゴルフ部がよかったな」

「ねーよ。うちの学校にそんな部活」

ツッコむと多朗はにやっと笑った。

「もしあったらさ、入りたかったって話。テニスやゴルフって自分で習うと金かかるだろ？　だからそういう部活を中学んとき、やっときたかったんだよ。きっと道具もユニフォームも借りれるしさ」

「ああ、そういうことか」

多朗と話していると、ときどき金の話になる。

うちの家、余分な金ないからさ。

よくそんなことを言う。

たまに、ぽつぽつとしゃべる話をまとめると、多朗のお母さんは相変わらずスナックをやっていて、でも常連さんに「二軒目を出さないか」と誘われて、けっこうその気になっていて、もし出すとなると借金を背負うことになるらしい。

昔は自分のためにご飯を作ってくれて〝アフター〟も行かないお母さん、と話していたけれど、最近はそういうことは言わない。家のことを語るとき、投げやりな口調になる。

女子がまた何人か通り過ぎていった。おれのクラスだ。

あ……。由貴がいる。他の女子ふたりと一緒だが、彼女たちの会話に入らず、まっすぐ前を見て歩いている。ポニーテールに収まりきらなかった後れ毛に、天井のライトが当たって、ふんわり光っている。ほんの一瞬、彼女がこっちに顔を向けた気がした。でも、そのまま行ってしまった。

　気がついたら、目の前の多朗がにやにや笑っていた。

「好きなのか？」

「へ」

「今通ったやつのこと」

「な、なんでだよ。そんなことねーよ」

　おれは、一歩後ずさりして、柱に肩をぶつけた。

「ただ、うちのクラスの女子が帰ってくなぁ、って」

　多朗のにやにやは止まらない。

「おれ、そういうの鋭いのよー」

「は」

「家がスナックだとさぁ、男の目つき、女の目つき、そういうのでいろいろわかっちゃうんだよなぁ」

「おれがエロいオッサンの目になってたとでも言うのかよぅ」

　必要以上にテンションが上がったふりをして見せる。

「そうじゃないよ。おまえは店に来るオヤジたちとは全然違う」

　ふと真顔になったので、おれは「ここだ！」と思って話題を変えた。

「で、今、帰りかよ」

だったらおれも帰ってもいいな、と思いながらそう言うと、多朗は首を横に振った。

「部活」

「あれ、まだ引退してないのかよ」

文化部は、今月末の文化祭で引退するところが多いけれど、運動部は夏休み中の大会で、既に引退しているはずなのだ。

「うちのクラスの斉藤、部活がなくなってヒマだー、って言ってたけど？」

斉藤は、バスケ部のマネージャーだった。

多朗が口を開きかけたとき、赤い短パン姿の男子が走ってきた。バッシュを履いている。

「センパーイ。こんなところにいた」

「あ、わりぃ。すぐ行く」

「もしかして、帰ろうとしてたでしょ？」

下級生の口調に、おれは驚いていた。運動部って、もっと上下関係厳しいんじゃないのか？　ほとんどタメグチじゃないか。しかも、多朗はあわてて、言い訳めいておれを見る。

「いやいや、体育館行くつもりだったって！　なあ、伊吹？」

面白くなって、足を引っ張る。

「いや、これから一緒に駄菓子屋行くとこだった」

ニッとおれが笑うと、下級生は、

「やっぱり！　これだから先輩はな～」

と、睨むマネをする。

「すぐ行くから、な。先にアップしててくれ」

多朗に言われて、下級生は口をとがらせながら戻っていく。

「ずいぶんナメられた感じじゃね？」

思ったことを、おれは口に出してみた。

「参るよな。いっつもイジられてるんだ。特に引退してからは」

「引退してるのに、なんで後輩に呼び出されてんだよ」

「もうすぐ新人戦だからさ、後輩たちが練習見てくれって」

「へえ、コーチ」

「他の三年のやつら、塾が忙しいからさ。おれは塾行ってねーから。まあ、ちょっと練習くらいは付き合えるってな」

「へえ、おまえって案外面倒見いいのな」

「そうなんです。ボク、案外面倒見、いいんです」

なぜか急にていねい語になって、多朗はピシッと敬礼のマネをする。

「おまえだって放送部の部長でばっちり仕切ってんだろ？」

「まあな」

相槌を打ちながら、ちょっと違うと思う。

おれは自分が引退した後のことなんて、心配していない。むしろやつらは、三年生が消えてから自由にやりたいことをやるだろうから、放っといたほうがいいと思ってる。今月末の文化祭で、おれらは最後になるけれど、その後に「先輩、教えてください」なんて、呼び出されることはないだろう。

「じゃ、おれ行くわ。あいつら、待ってるから。おまえは帰んの？」

「いや、図書室」

「そしたら、また今度」

「うん」

あいつ、慕われてるんだな。

小走りに、廊下の向こうへ消えていく多朗を見送りながら、おれは半分納得して、半分納得できないでいた。もっと後輩に怖がられていると思っていたのに。

結局三年間、一度も同じクラスにならなかったので、おれに見えていない多朗がいるのかもしれない。

*

今日は外れの日のようだ。

多朗と別れてから図書室に来たら、普段は図書委員一名と司書の先生しかいない室内が、ざわついている。図書委員会はいつも昼休みにやるはずなのに、今日は臨時で放課後にやっていて、しかもこの閲覧室のど真ん中のテーブルを使っているのだ。

隅のテーブルにおれはかばんを放り出して、一番窓際の椅子に腰かけた。

発言がいちいち耳にひびいてくる。

どうやら議題は、「読書をしない生徒に向けて、どうやって本を手に取ってもらうか」らしい。

放送部で、図書委員会のオススメ本を紹介するコーナーを作ったらいいんじゃないの？

そんなアイデアが頭をよぎるけれど、もちろん割り込まなかった。もうすぐ引退するおれが、先々のことを考えても迷惑なだけだし。

かばんから教科書を取り出した。まず英語だ。

放課後、ここで必ず宿題をやっつけるのだ。その後、本屋で買った問題集を十ページやる。さらに英単語を覚えているかどうか、チェックシートで確認する。新しい単語を十個、ノートに書く。次は、数学。時間があれば理科や社会も。

おれは塾に行っていない。

母親が何度も、いろんなチラシを持ってきては、こういうところに行ってみたら？　せめて夏期講習はどう？　と薦めてきたが意地でも行かなかった。

父親に逆らって、小学六年の時に塾をやめた。なのに、中三になったら通うというのは、敗北を意味する気がしたのだ。

でも、同じクラスでも、塾に通っていないやつのほうが少ない。

多朗は数少ない「仲間」だった。ただ、進路の話はしていない。前に一度だけ、どこの高校に行くか決めているか聞いたとき、話を逸らされたので、話題にしたくないんだろうと思ったのだ。

おれ自身は、鎌倉の高校を受けるか、横浜の学校を受けるか、迷っている。神奈川県ナンバーワンの公立高校を目指すにはちょっと危うい成績だが、そこ以外だったら、このペースで勉強していればたぶん大丈夫なはずだ。

ふと思う。もし聖慶学園に通っていたら、おれはどのくらいのポジションだったんだろう。少なくとも落第せずに中学生活を乗り切れていたのか。

いつの間にか、議論は耳に入らなくなっていた。ガタガタとうるさい音が聞こえて顔を上げると、委員たちが立ち上がり、椅子を奥の部屋へ運んでいるところだった。

西日を遮っているクリーム色のカーテンが、オレンジマーマレードみたいな色に染まっている。

腹が減ってきたかも。

もう帰りたくなってきたけれど、理科の問題集を開く。エネルギーをやるか、天体をやるか。どちらも、前の模試でミスをしたジャンルだった。

こんな問題がわからないとは笑止千万だな。父親にもしも模試の結果を見られたら、そんなふうに嗤われるはずだ。だから、絶対に見せない。

父親は理系だ。もともとはプログラマーだった。大学在学中に作ったソフトがバカ売れしたらしい。今は横浜にある有名なＩＴ企業で、役員になっていて、いろんな事業を指揮している。徹夜続きで、帰ってくるのは週末だけ、ということも多い。

父親が平日の夜に帰ってこないのは、不倫をしているからだったりして。前に多朗と話しているとき、ふとそんなことを考えた。もしも父親がそんな「隙」を見せる人間だったら、おれはちょっと好きになれるのかもしれない。皮膚を針で刺してみても、普通に血が流れるのかどうか怪しいと思ってしまうくらいに、昼夜休まず働くロボットだから。

テキストを読んでいくうち徐々に父親の顔は薄れていって、次に、耳に入ってきたのは、下校時刻十分前の放送だった。今日のアナウンスは二年生の小原だ。

おれは問題集とノートをかばんに放り込んで立ち上がった。

多朗もちょうど部活が終わるころだろうか。少し期待しながら下駄箱に行ったが、運動部の姿は見当たらなかった。

靴を履き替えて、門に向かう。正門の横にそびえている桜の葉っぱが、虫にだいぶやられている。校務員さんがホースで水撒きをしていて、水煙が風に乗って、まるでミストシャワーみたいだ。ほんの少し、顔や腕が涼しくなる。

ゆるやかな坂を下って、右手に折れ、そのまま小道を選んで歩く。そして、江ノ電の線路を渡って、星月夜天神の境内を突っ切っていく途中で、おれは足を止めた。

ユキ、マジみたいだね。

そんな声がたしかに聞こえたのだ。ユキは、おれの頭のなかで自動的に「由貴」に変換される。

手水舎のすぐ横で、女子がふたり立ち話していた。うちのクラスのやつだ。ひとりは昭菜。クラスで一番背が低くて、笑い方がオホホホホとなぜかマダム風の女。もうひとりは、希来里。見た目も成績も運動もごく平凡で目立たないけれど、実は二卵性双生児という「つかみ」ネタを持っている。弟はどっかの私立に通ってるらしい。

ふたりは由貴と仲がよかった。おれの脳内変換はどうやら合っていたみたいだ。

「今日、由貴、学校では全然話さなかったよね、そのこと」

「うん。恋愛関係とか、ぺらぺら話すタイプじゃないもんね、あの子」

恋愛関係？

つい一分前までは「たまたま通りすがり」だったが、完全に「盗み聞きする人」になってしまい、おれは自分がふたりから見えていないことを確認した。幸い、樹齢何百年かの樫の木の幹は巨大で、おれの体を完全に隠してくれている。日が暮れて空は青紫色になって、視野が狭くなってきたので助かる。あとは、犬の散歩に来た人が近所の知り合いで、「あ、伊吹ちゃん、何やってるの」などと大声で話しかけてこないことを祈るだけだ。

「なのに、律儀だよねー。ユキヤコンコさん、あたしらには伝えてくれて」

そう言った希来里に対して、昭菜が反発する。

「けど、あの書き込み、ちょっとイラついた」

「え、どの部分が」

「『本当は、恋愛のこと相談するタイプじゃないんだけど、女子ってこういうのを事前に友達に言わなきゃいけないんでしょ?』ってやつ」

「あぁ、由貴らしいよね。でも事実じゃん。由貴がなんにも言わないで告白して付き合いだしたら、あたしら『なんで話してくれなかったの』とか絶対言っちゃうじゃん?」

「まあね〜」

告白して……付き合う。誰と? おれは首筋を手で押さえた。頸動脈がドッキンドッキンと波打っている。

「友達だから、由貴なりに精一杯、尊重してくれたんだよ」

「ありがたいと思うべきか〜」

「そそ。だから、あたしら、これ、絶対に内緒にしないと。ぺらっとしゃべっちゃったら、由貴は裏切られたって思うから」

「オッケー。で、うまくいくのかな？　告ったら」

相手の名前を言ってくれ。おれは、樫の木から飛び出しそうになりながら、そう願う。

「どうだろうねー？　読めないよね」

「カノジョはいないんだよね？　あの人」

「それもわかんないけど、なんかいないっぽくない？　あんまり女子と一緒にいるイメージない」

「だねー。文化祭の夜はドキドキだ」

「あたしたちが結果を聞かせてもらえるのは次の日じゃない？」

「次の日は代休」

「あ、そか。じゃあマイルームで教えてもらおう。つか、そろそろ帰んなきゃ」

「あ、やば。七時からのテレビ、録画してない」

やばいのはおれのほうだった。ふたりはこっちに向かって歩いてくるのではないか、と思ったら、神社の裏側の出入り口のほうへ行ってくれた。鳥居をくぐって境内に来たおれが、まさにこれから向かう場所だ。

三分ほど間を置いてから、歩きだす。

文化祭まであと二週間だ。

告白相手がおれ……の可能性はないだろう。それはもう、直観的なものだ。今日だって、もしおれのことを好きなら「死」について語ったりしないだろう。もう少し、テンション上がる話をして、表情だって明るいはずだ。

じゃあ、誰(だれ)なんだ？

同じクラスの男子の間で一番評価が高いのは、井口(いぐち)だった。でっかくて、本当はケンカが強いらしいけれど、そういうオーラを普段(ふだん)は見せない。先生にわざとツッコまれるようなことをして、クラスの雰囲気(ふんいき)を和(なご)ませたり、芸人の物真似(ものまね)をして笑わせたりする。でも、女子たちが「井口くんってアゴが長すぎるよね」とヒソヒソしゃべっているのを聞いたことがある。

帰宅部の真渡(まわたり)は、細身のわりに筋肉質で、切れ長の吊(つ)り目が迫力(はくりょく)ある。もともと女子にきゃーきゃー言われてて、男子の間では評価がいまいちだったけど、修学旅行のバスで、同じクラスの安藤(あんどう)が吐(は)いちゃったときに、手に嘔吐物(おうとぶつ)がかかったのも気にしないで、介抱(かいほう)していた。それ以来、男の間でも一目置かれている。

あるいは、由貴が所属しているボランティア部に、誰かイケてるやつがいるのか？　でもあそこは女子ばかりで、男子部員はほとんどいなかったはず。ひょっとして同じ学年ではなく、相手は下級生なのか？

家に着いて、ぼんやりしながら居間に入って行った。

「帰ってきたなら、ただいまって言いなさいっ」

母親に怒鳴られた。

＊

食後、自分の部屋に戻って、パソコンを立ち上げた。

友達と話していて驚くのは、たいていのクラスメイトが自分用のパソコンを持っていないということだ。うちは父親がIT業界で働いているから、古いパソコン、流行りもののタブレットなど、家に五、六台ある。それで、古いものを、いつの間にか自分用にすることができた。

「マイルーム」のホームページを出す。

あのふたりが、由貴と会話していると言っていたサービスだ。おれは自分のIDを持っているので、すぐにログインした。

このSNSは、うちの学校で人気がある。登録するとまず自分の部屋、文字通りマイルームを作る。間取りを選んで、家具や置物を配置する。そして友達を招いて交流するのだ。数人で「会議室」や「カフェ」を借りて、そこでチャットすることもできる。あと、自分用に非公開の日記を書くコーナーもある。おれは、放送部用のネタを思いついたとき、ここにちょこちょこ書きこんでいた。

本音や自分だけの秘密にしておきたいことを、こんなところに記したりはしない。ネットのセキュリティを信頼するな、というのは父親がよく母親に言っていることだ。IDとパスワードが流出したら、他の人に簡単に見られてしまうのだ、と。

そのあたり、父親はかなり神経質かもしれない。メールソフトも、一般的に使われているものはウイルスに汚染されやすいから、我が家では使用禁止にされている。だから、うちのパソコンには、業務用らしいソフトがそれぞれインストールされているのだった。

セキュリティ……。

おれは、今まで考えもしなかったことを思いついてしまった。

もしかして、由貴のIDとパスワードがわかれば、彼女のマイルームの会話が見られるのではないか？

いや、やめておけ。頭の中のアラームが鳴った。けれど、指が勝手に、猛スピードで動き出す。おれはあっという間に、ホームページからログアウトした。そして、改めてログイン画面を表示する。

ID＝BUK04

パスワード＝140

これが自分のものだ。1140を逆にした0411は、誕生日だった。

由貴のものがわかれば……。

まったく手がかりがなければおれはあきらめただろう。でも、思い当たるキーワードがあったのだ。

さっき希来里が言っていた「ユキヤコンコさん」。これ、由貴のIDではないだろうか。普段、ふたりがそんなあだ名で呼んでいるのを見たことがない。ということは、ハンドルネームか。じゃあ、IDではないな。

おれは、心のなかでつぶやいているつもりで、一部、声に出してしゃべっていた。ローマ字で記入したら、YUKIYAKONKOか。

いったん自分のIDでログインしてから、このIDを検索してみた。

ヒットした！「ユキヤコンコ」というハンドルネームが出てきた。つまり、IDがローマ字で、ハンドルネームをカタカナにしているらしい。うちの父親だったら言うだろう。セキュリティのために、IDとハンドルネームはまったく別物にしろ、と。そうだ、そのとおりだ。一緒にしているせいで、おれが見つけてしまったではないか。

そのIDに使われているアイコンは、クラゲタロウとクラゲモモだ。たまたま別人の由貴さんである心配はなくなった。

「お友達ですか？　知り合いならフレンド申請しましょう」という文章が画面に浮き上がってくる。それを無視して再びログアウトして、おれはIDの欄に、YUKIYAKONKOと入れた。あとはパスワードさえわかればいいのだ。

誕生日は知っている。ちょうど文化祭の日なのだ。九月二十四日。

0924

そう打ち込んでみた。指が震えている。

「なんでぷるぷるしてんだよ。気持ち悪いぞおまえ。まるでどっかのオタクのやつみたいじゃねーか」

自分を叱り飛ばしながら、でも思う。実際、気持ち悪いことをしている。アイドルファンが、本人になりすまして秘密のSNSを見ていた、という事件がなかったっけ。まったく同じことをやっているのだ。

これ、犯罪なのか？

そう思った瞬間、エラー画面が出た。

「IDかパスワード、どちらかが間違っています」

パスワードを忘れた人はこちらへ、という誘導欄があって、思わずクリックしてしまいそうになる。

「マイルーム」の場合、何か、由貴本人の設定した質問があって、それに答えたらパスワードを再度教えてもらえる——そういう仕組みになっていたはずだ。

いや、ダメだ。その連絡は、由貴本人に行ってしまう。誰かが不正にアクセスした、と即バレしてしまう。

もうやめとけ、という神様からの啓示だ。

そう思って、おれはパソコンを閉じようとした。でもその前に、あと一回だけ。

おれがやっているのと同じ。誕生日を逆から入れてみる。

4290

「あっ」

画面が切り替わった。由貴として「マイルーム」のなかに入り込んだのだ。

捜すべきものが見つかった瞬間、罪悪感などどこかへ消えてしまった。由貴がおれと同じ発想で、パスワードを決めていたことも嬉しかった。

彼女が所属しているグループの一覧を見たら、たったの三つしかなかった。一つはボランティア部の部活のようだ。もう一つが家族。じゃあ、残りの一つではないか。

ＡＫＹというグループのなかに入り込んでみた。そうだ、これだ。このＡＫＹというのは昭菜と希来里と由貴、三人の名前の頭文字か。

会話を遡って行った。

見つかった。
ユキヤコンコ「急だけど2人に話しておきたいことあって。実は告白しようと思います」
キラ「えっえっ？」
あきな「なんですってー。まさか好きな人に告白じゃないよね？　悪いことしたのを告白とかそういうオチだよね？」
キラ「なんだ、そっちか」
ユキヤコンコ「好きな人への告白だけど」
あきな「マジか！」
キラ「だれ！」
あきな「ちょっと、心の準備が！　なんで、急にそんな話、切り出してきたの」
ユキヤコンコ「本当は、別に書き込みたくなかったけど」
キラ「ん？」
ユキヤコンコ「恋愛相談ってキャラに合わないし。でも、女子ってこういうのを事前に友達に告白しないとハブられるんでしょ？」
あきな「え、何それ。だれに言われたの？」
キラ「話を聞こうよ！V昭菜」

ユキヤコンコ「B組の石島くん」
あきな「えええええーーーっ」
キラ「きゃぁぁー」
ユキヤコンコ「変？」
あきな「そんなことないよ、いいと思います」
キラ「でも接点なくない？　同じクラスじゃないし部活も違うのに。なんで？」
ユキヤコンコ「去年ボランティア部でバザーやったとき、荷物運び大変で。見かねて手伝ってくれた」
あきな「去年？　じゃあー年くらい前から愛をあたためてきたってこと？」
おれは息が苦しくなって、気づいた。無意識のうちに、手で喉のあたりをガッと摑んで押さえていた。
石島とは……多朗のことだ。
キラ「ねーねー、いつ告白するのん？」
ユキヤコンコ「文化祭のつもり」
あきな「ええーーっ、もう二週間切ってる」

キラ「終わった後？」
ユキヤコンコ「わからないけど。その日が誕生日だから」
あきな「あ、そうかー、由貴おめでと」
キラ「告白はじぶんへのバースデープレゼントだね？」
ユキヤコンコ「自分の誕生日に告白するって、自分のことしか考えてない自己チューっぽいかな」
キラ「そんなことないよ」

　突然おれは気がついた。由貴がこの瞬間、ログインしてきたらどうなるんだろう？　おれが見ていることがバレないか？

　あわててログアウトし、さらに念のため、このパソコンでホームページを見ていた記録を「履歴」から抹消した。

　そして椅子の背もたれに体重をかけて、天井を仰ぎ見た。

　石島多朗、か。

　ふたりが付き合いだしたら、おれが多朗を誘って駄菓子屋や由比ヶ浜へ行くとき、由貴もついてくるかもしれない。

　それは耐えられない、と思った。

*

翌週の金曜日。文化祭直前だから、いつもと違った内容の放送になるかと、心配だった。先生や生徒会のほうから、いろいろ業務連絡があるのではないか、と。

でも、昼休みの放送を使ってまで、伝えなければならない連絡事項はなかったようで、通常通り『江ノ電恋物語』を放送することができた。

そして、「由比中マル秘噂話」のコーナーの時間がやってきた。今日の放送の担当は、一年男子の高塚だ。早口になる癖があるので、ゆっくり話すよう、昨日の放課後に注意しておいた。

「今から話す噂話のなかで一つだけほんとのことがあります。残り二つは根も葉もない話ですよ。さて、あなたは本物が見破れるんでしょうか？」

おれは、弁当のなかのブロッコリーをつまんだ。そして上目づかいで、斜め前の由貴を見る。日頃はポニーテールの髪を、今日はお団子にまとめているので、細い首筋がいつも以上に目立つ。

「噂話その一。十月から始まる、秋吉敏也主演の学園ドラマのロケ地が鎌倉ですけど、場所は若宮中学に決まったそうです」

「えー！」

「なんでよ、うち来てよ」

即座にブーイングが起きる。若宮中学は、鎌倉駅に近いところにあって、由比中とは日頃からなんとなく「ライバル」なのだ。

「噂その二。結婚してない先生の誰かがペットにハリネズミを飼い始めたらしい」

「今、流行ってるもんねえ、ハリネズミ」

「ネコにしとけよ」

みんな威勢よく突っ込んでくれている。

「噂その三。うちの学校のとある天秤座の女子が、うちの学校のとある獅子座の男子に、文化祭の日に告白するらしい」

「えーっ、天秤座と獅子座？　うちのクラスにいる？」

「だって、全校生徒のなかでだろ？　特定できねーよ」

教室のなかが、一気にかしましくなる。やっぱり恋愛ネタは盛り上がりが大きい。

「あくまで二つは根も葉もない話であることをお忘れなく。正解は一つだけですよ。そして、正解は……ひみつです。みなさんのご想像にお任せします。ではまた来週！」

無事に高塚の放送が終わった。おれは、由貴の背中を見た。さっきから身じろぎもせずに前を見ている。

気づいたはずだ。

これは自分のことだ、と。

希来里か昭菜のどちらかが広めたのだと、疑うだろうか。だとしたら、ふたりに申し訳ない。でも、ふたりのせいにできてよかったと思ってしまう自分もいる。

おれは教室を出て、行きたくもないのにトイレへ向かった。

廊下の窓から外を見る。空を雲が覆っている。明日は雨がぱらつくが、文化祭当日のあさっては、なんとか晴れるらしい。

「おーぅ、伊吹」

入口で多朗に会ってしまって、一瞬、肩がびくっと震えた。すぐに体にしっかり力を入れて、並んで用を足す。

「なあ、さっきの放送、どれが正解なんだよ？　全部正解に聞こえたぞ？」

「ひみつ」

「ちぇー」

狙い通りだった。他の生徒たちには、一か二が正解だと思ってもらっていい。そのために、わざと答えがわかりにくいものにしたのだ。

連ドラの舞台が鎌倉なのは発表済みだが、具体的なロケ地なんて、テレビ局はきっと内緒にするだろう。場所が特定されるのは、放送が始まってからなので、だいぶ先のはずだ。

「ちなみにおれ、獅子座」

多朗がにやっと笑う。

「知ってるよ」

おれは笑い返した。くちびるの端っこがこわばっている。スナックで男と女を見慣れている多朗は、この異変に気づくだろうか。

「じゃあな」

普段なら、こういうふうにたまたま会ったとき、昼休みが終わるまでだらだらとしゃべることが多いのだが、おれは手を振って、急ぎの用事があるかのようにさっさと教室へ戻った。

*

集中できなかった。

図書室は下級生が二、三人、本の返却に来たほかは誰も現れなくて、司書の先生も裏の準備室へ消えてしまっていた。

「ファイトー、セッ、ファイトー、セッ」

サッカー部がランニング中のようで、グラウンドから掛け声が小さくひびいてくる。

本当なら英語の後で社会科をやろうと思っていたのに、英単語をノートに書きだすことすらやらずに、ぼんやりと考え込んでしまっていた。

おれは、ひどく残酷なことをしていたのではないか？　由貴は何を思っていたのだろう……。

今日は文化祭直前で、下校時刻が三十分ずれて、六時半までいていいことになっている。

でも、これ以上いても無駄だと悟った。

かばんに全部放り込んで立ち上がって廊下に出て、おれは、

「う」

と思わず変な声を上げてしまった。

「おどかしてごめんね」

そこに、由貴が立っていたのだった。かばんを両手に抱え込んでいる。おれを五秒くらい見てから、彼女は目を伏せた。

「相談っていうか、聞きたいことがあって」

「え、おれに」

思わず奥歯をぐっと噛みしめてしまう。バレているだろうか。ログインしたこと。由貴の会話を盗み読んだこと。

「ずっとここに立ってたわけ？」

「ううん、ついさっき」

顔はこちらに向けているのだが、視線は微妙にずれていて、おれの後方、図書室の一番手前の机あたりをぼんやり見ている感じだ。大きな二重の目がうるんでいて、涙がふわっとあ

ふれてもおかしくない気がした。

「入ってくればよかったのに」

本題に入りたくなくて、どうでもいいことをしゃべってしまう。いつもより、わずかに声のトーンを上げて。

「図書室ってしゃべっちゃいけないんでしょ？　だから」

通常だったら、「おれが放課後に図書室へ寄るってことを知って、待ち伏せしてくれてるなんて」と感激したに違いない。しかし、今はそれすら、冷や汗が出てくる材料となる。

「誰もいないよ？」

「そうなの？　うん、でも、ここでいい」

「あ、うん」

「今日のお昼の放送……。噂話の放送って、何年生の誰が作ってるの？」

「あ……うん、えっと、それは一応ナイショってことになってて」

「そっか……。じゃあ、一番から三番までのうち、どれが正解かっていうのは、部員の人はみんな知ってるの？」

「あんまり、完璧に共有してないっていうか……。たしか今日のは、一番が正解だって聞いた気がするけど」

他の放送部員のところへ、由貴が聞きに行かないことを願う。誰かがあっさり、「ああ、あれはね、伊吹先輩が作ってるんすよー」と言った瞬間、おれは嘘つきだとバレてしまう。

「あ、え、一番が正解なんだ」

「うん、あとのは多分あてずっぽう」

「え、え、ああ、そうなんだ」

かばんを床にずり落として、由貴は両頰を両手でおさえた。

「どうかした？」

「あ、ううん。って、おかしいよね。これでバイバイするのも。ちゃんと言わなきゃだよね」

「え？」

言わなくていいよ帰っていいよ。というか、帰ってくれ。

念を送ったが、届かなかった。

「三番目の噂話、あれ、自分のことかと思ったんだ」

へー、あっそ、では済ませられそうにない。

「天秤座の女子が、獅子座の男子に？」

「うん。文化祭の日に」

「そう……なんだ。ん？　てことは何？　天秤座なわけ？」

知っているくせに、すっとぼける。由貴はうなずいた。

「じゃあ、獅子座の男がひとり、大喜びするわけだ」

棒読みで言った。興味がないことを精一杯アピールしたつもりだった。しかし、

「石島くん」

「え」

「相手、石島くんなの」

由貴はおれに言ってしまった。

黙殺したかったのに。多朗がよほど、付き合ってる素振りを見せてこない限り、ふたりの関係はこの世に存在しない。そんなふりをしたかったのに。

「なんで、それをおれに？」

聞いてねーのに。と、心の中で続ける。

「狩野くん、話しやすい雰囲気があるっていうか」

「おれが？」

マンガやテレビドラマで、男友達がよく言われるセリフを、自分が受け取ってしまうとはな。「ありがとう」なんて絶対に答えねーぞ。

「それに、石島くんとも仲いいみたいだし。あっ」

由貴は手を左右に振った。風が起きて、彼女の後れ毛がふわりと上下する。

「違うの。間を取り持ってとか、情報をちょうだいとか、そういうことじゃないの。そんなつもりじゃなくて……」

「なんかさ」

頭のなかに沸き起こっている黒々とした感情が、口から勝手に漏れ出てくる。

「いきいきしてんじゃん」

「え？」

「死ぬことを語ったりさ、セミがどうの、アリンコがどうのっていうわりにさ、いきいき人生を謳歌してんじゃん」

「あ、ごめん」

「別にいいんだけど」

「石島くんが生きる担当で、狩野くんが死ぬ担当ってつもりじゃないからね」

こんな状況なのに、思わず噴き出してしまった。こういう発言を聞いてしまうと、もうどうしようもなく思う。やっぱり由貴が好きなんだ。

「じゃあ、ごめんね。誤解してて」

「うん」

頑張って、という言葉を投げてやれ、おれ。投げたら今日はポテトチップス三袋食っていい。自分にそう呼びかけてみたけれど、ついに口に出せなかった。

また下駄箱で由貴と合流してしまうのがイヤで、図書室に戻り、しばらくいろんな本の背表紙を突つき回して、それからようやく廊下に出た。

上履きを脱いで、スニーカーに履き替えているときだった。

「よう」

後ろから背中を叩かれて、そのまま転びそうになった。普段なら、「何しやがる」と仕返しに行くところだが、おれはそのまま中腰で上下の歯をぐっと噛みしめていた。

多朗。なぜ、このタイミングで会ってしまうんだ。

今、ここで遭遇しなければ、明日は文化祭の準備だから、おれは放送室にいてやつは体育館かグラウンドにいて、一日会わずにすんで、そうしたらもう翌日は文化祭当日なのに。

だが、多朗はおれの異変にはまったく気づいてないのだった。

「あんまし下級生甘やかしてもしょうがねーから、あと、自分たちでやれって言って、先帰ってきたんだよ。ラッキーだぜ、ちょうど会えるなんてさ。駄菓子屋行こうぜ」

三年前、いっしょに深夜の海岸散歩をして以来、おれたちはときどき駄菓子屋デートに行く。一回に最高三百円までしか使ってはいけない、というルールがいつの間にか生まれた。

二十円、三十円で買えるものもあるから、それで十分なのだ。

ピンクや黄緑のお菓子そのものよりも、ふたりでどれを選ぶか、新入荷の商品を試すかどうか、そんな議論をするのが楽しい。

でも、おれは返事した。

「それよか、海に行きたい」

多朗は反発しなかった。

「おう」

由比ヶ浜へ出た。

学校帰りに寄り道は禁止だけれど、おれたちの家は、海岸通りを通っても、規則違反をしたというほどの回り道にはならない。

太陽がちょうど沈む頃だ。でも、雲に覆われているので、空は淡い灰色で、海は濃い灰色だった。

ちょっと前までパラソルが、それこそ駄菓子屋の飴玉を全部ばらまいたみたいに砂浜を埋め尽くしていたのが信じられない。

さらに海の向こうから、分厚い雲が少しずつ距離を縮めてきていた。雲はたいてい南西の方角からやってくる。

「ワッカメー」

打ち上げられた海草を手に取って、多朗はなぜかそれを腰に巻こうとしている。ツッコミを待っているのかもしれないけれど、おれは応じてやることができなかった。

「あのさ、多朗」

砂をスニーカーのつま先で、ガシガシと掘る。

「ん」

「付き合ったことってある？」

「へ！　伊吹とそういう話題、めずらしい」

「つまりさ……」

「ん？」

「おまえに告白するつもりのやつがいるみたいでさ。文化祭で」

「んぁ？　マジで」

「マジ」

「だれ？　もしかして頼まれたわけ？」

「いや、そうじゃなくて、たまたま聞いちゃって。違う、盗み聞きしたんじゃねーよ？　本人からちゃんと。で、もちろん頼まれてねーけど、なんつーか」

「おれに心の準備をさせよう、と」

「まあ」

「ふーん、じゃあ、おれは誰って知らないまま楽しみにしてたほうがいいわけか？」

「いいやつだからさ、嫌いじゃなかったら、よろしくな、みたいなことが多分言いたかった」

普通の声を発したつもりだ。でも、自分自身としては、喉の奥から言葉を全力で絞り出す感覚だった。

「ふーん。乙女座？」

「知らない」

無理やり、おれは顔を上げた。トンビが一羽、低めの上空を旋回している。ふたりが何か食べ物を持っていないか、チェックしているのかもしれない。このあたりのトンビは、人間の持っている食べ物を、サッとかっさらっていってしまう。

「部活は何部だったって？」

「ボランティア部」

多朗の目が光った気がした。

男と女のことならわかると言っていた多朗なら、気づくだろうか。この間、廊下ですれ違った女子だ、と。

おれがその子のことを好きなんじゃないか、と、あのとき多朗は鋭いことを言っていた——。

「でもおれさ、一途だから」

多朗は砂に埋もれた小石を、つま先で掘り起こした。

「え？」

「そう簡単に乗り換えらんないのよ」

「だ……付き合ってる人いんの？」

「片想い」

「かっ」

多朗には最も似合わない言葉だという気がした。

やつを、あらためて上から下まで見つめる。

身長百七十六センチで、一見さほど筋肉質には見えないが、体全体がごつごつとした硬い石の山みたいだ。指の関節までごつごつしている。

額の上には、ナイフで切られたような細い傷跡が残っている。本人いわく、中一の冬休み、自転車で転んで路肩のブロックにぶつけて流血したときのケガだそうだ。聞くまでケンカでやったのだと思い込んでいた。

そんな多朗のビジュアルに最も似合わないキーワードが「片想い」と言えよう。まったく別の状況で聞いたら、おれは体を二つ折りにして、砂浜に崩れ落ちて笑っていたんじゃないか。

「片想いって」

「一応告白したんだけど、フラれた」

「一度もそんな話――」

「聞かれなきゃ言わねーよ」

「相手って、バスケ部のマネージャーとか？」

二年生に、めちゃめちゃかわいい女子マネがいる、というのは学校内ではよく知られている事実だった。おれたち放送部は、その子にインタビューするために「裏方特集」という企画を作って、野球部やサッカー部のマネージャーにも話を聞きに行ったものだ。

「マネージャーじゃなくて、プレーヤー」

「え、女子バスケ部」

「しかも、もう卒業してる」

「先輩かよ」

「そう、二年上」

「今、高二かぁ」

中一の頃のおれにとって、中三というのは、同じ制服を着ているのがなんだか申し訳なくなるほどに、大人っぽい存在だった。どっちかっていうと、自分たちの延長線上にいるというよりは、先生に近い存在に思えた。

そんな人に恋するなんて、想像がつかない。

「さすが、多朗……」

思わずつぶやくと、いきなり後ろから羽交い絞めにされた。

「何、さすが多朗は片想いが似合ってる、だと!?」

「違う、違うってば」

今日初めて笑ったかもしれない。おれは、もがいて腕から逃れた。

「じゃあ、多朗はその先輩を追って、同じ高校に行ったりするんだ？」

「いや、それはない」

あっさり多朗は言って、貝殻を拾い、トンビに向かって投げる真似をした。その先輩の通うところが、よほど手の届かない、偏差値の高い学校か授業料の高い学校なのかと思ったら違った。

「おれ、中学卒業したら、北海道行く」

「えっ？」

「前に言ったろ？　じーちゃんばーちゃんの畑を手伝うんだって」

「マジで……」

「おーい、おまえが今、頭に思い浮かべた畑と全然スケール違うんだからな。たぶん百倍くらいでかいんだぞ」

「前は高校卒業してから北海道、って言ってた気がする」

「まぁな。急遽、前倒し」

「なんでだよ」

神奈川県下の公立高校なら、どこへ志願書を出してもいい。だからみんなたいてい別々の高校を受験することになる。中学を卒業したら会う機会はぐっと減るだろうけれど、でもこれからだって、駄菓子屋で会おうぜって言えば会えて、由比ヶ浜集合！って言えば気軽に集まれる気がしていた。

「こないだ台風、来たろ。あれで被害がかなり」

「ああ……」

「どうせ農業高校行くなら、北海道の畑やるんだから北海道の高校のほうがいいっしょ」

「お母さんはＯＫって？」

「聞いてねー」

「え」

「じーちゃんが学費出してくれるって。話まとまってっから。受験するときに、おふくろには話すわ」

「反対されるんじゃね？」

「反対する権利はないね」

「え？」

巨大な犬を散歩させている人が、目の前を通り過ぎていく。セントバーナードだろうか。

「こないださ、おれ、刺されるかと思ったよ」

「は？」

「常連客がさ、うちの母親が別の常連と新しい店出そうとしてるのが気に入らねえって、絡み出して。果物ナイフでカウンターとか椅子とかブッ刺して。おれにも、ブサッて突き出して来たんだぜ」

「け、警察もんだろ」

「それはない。刺されなかったし。もし腕切られても、警察呼ぶって発想はないね」

ときどき感じる。

こいつと友達っていうのは、きっとおれの錯覚なんだ。本当は、まったくわかりあえない、パラレルな世界に住んでいるんだ。

「学校って、簡単に警察呼ばないだろ？　部外者を介入させないっていうか」

「ああ、うん」

よくわかってないけれど、適当にうなずく。

「それと水商売も一緒。いちいち小競り合いで呼んでたら、客の信用も失う。だって、たいていの客は、こんな店で寄り道してるなんて、奥さんにも会社にも知られたくないわけだからさ。別に、いかがわしい店じゃないんだけど。ただのスナックだけどよ」

「うん……」

「けど、ナイフ向けられたのは初めてでさ。ちょっとシャレにならねえ、って思った。そんときに、気づいたんだ。母親が正しくないのかもしれないってさ」

「正しくない……っていうと」

「ガキの頃は、思ってたんだ。母ちゃんはすげー一生懸命、店をやってて、おれを育ててくれて、なんか揉め事あると、おれが母ちゃんを守りたいって思って。非常識な客は許せねえって」

そうだ。海辺を夜中に歩いたときも、多朗は言っていた。目つきの悪い、気持ちの悪い客がいる、と。でも母を想ってガマンしている、と。

「だけど、ふと思ったんだよ。客をそういうふうに仕向けてるのは母ちゃんで。おれを育てるために母親として止むなくやってるとかじゃなくて、根本的に女として？　人間として？　どっか問題があってさ。あ……」

多朗が国道のほうを凝視して、それから体の向きを百八十度変えた。

「今、信号の前に立ってる。男と一緒に」

「え」

視力があまりよくないおれは、目をギュッと絞って焦点を合わせた。

「多朗の……お母さん？」

信号待ちをしているのは、グレーのスーツを着た男。ネクタイを外して、手で持っている。そして、その横にいる女の人は、サーモンピンクのワンピースに、海沿いには似合わない高いヒールのサンダルを素足で履いている。

「同伴だよ」

「え」

「同伴出勤。たぶん滑川の交差点の焼肉じゃねーかな？　そこで飯食って、もちろん男が払うんだ。そんで、一緒に店に来る」

「男、気前がいいな～」

どうこたえていいかわからなくて、おれはそうつぶやいた。

「ただで飯を食わせて満足って男はいない。見返りを求めるだろ。挙げ句がナイフ持ち出してのケンカなんじゃねーかって思うよ」

「え、あいつがナイフの男？」

「いや、別の人。そんな流行ってないスナックだけど、登場人物多いんだよ」

横断歩道が青信号になって、ふたりは歩きだした。多朗のお母さんは、ずらりと並んだ車の前で、その男の人に寄り添っている。いろいろなものがだらしなく垂れ下がっている気がした。顔を正面から見ていないけれど、頰の肉も垂れているんじゃないかと思った。

「なんの反対もないだろ？　むしろ北海道行けって感じだろ？」

「う……ん」

「そんなわけで、わりぃな。告白されても、受けるわけにはいかねーよ」

「そっか」

「どうする？　別におれが直接断ってもいいし、おまえから『多朗がそう言ってた』って伝えてもらってさ。告白やめてもらうのもアリじゃね？」

「うーん」

由貴の潤んだ目が、キッと鋭くなっておれをにらむ気がする。

「頼まれてないからなぁ。余計なことしないでよ、ってなる可能性大」

「そっか。じゃあ、もし言ってきたらおれから直接話す。もちろん、おまえからなんか聞いてるって態度は見せないで」

「うん」

「だからさ。かわりにおまえがそいつを幸せにしてやれよ」

「え？」

「いや、なんでもねー。酔った客のセリフみたいなこと、言ってみたかっただけ」

いつの間にか、多朗のお母さんたちカップルの姿は、路地に飲み込まれて消えていた。

黒くなってきた海に、街灯が映り込んで光る。おれは割れた貝殻を一つ、その波打ち際にぽいと放った。引き波がその欠片をずるずると連れ去っていった。

＊

平日の夜、父親が晩御飯の食卓にいるのはめずらしい。しかも全然しゃべらない。母親も黙り込んでいる。

ふたりで話し込んでるとき、おれは会話を聞き流しながらテレビを見るのが習慣だ。だから、三人で静かにテレビを見ている、という状況がだんだん不自然に思えてきて、いらついた。

「ごちそうさま」

サーモンソテーの残りを飯に載せて、一気に食ってから、立ち上がった。

「ちょっと待って」

母親が引き止める。

「腹いっぱい」

デザートのフルーツでも出すんだろうと思って、先に断ると、

「座って」

否応なく、再度着席させられた。

「なに」

ようやくおれは異変に気づいた。父親も母親も、サーモンが半分以上残っている。付け合わせの野菜も。味噌汁に至っては手もつけていない。

母親は、エプロンのひもの部分を指でせわしく何度もさすっている。

「伊吹に話そうか迷ったんだけど、もう十五歳だし、頼れるうちの小黒柱だし、ちゃんと伝えようってことになってね」

小黒柱は、おれが小学低学年の頃に、家のなかで流行っていた言葉だ。「お父さんは一家の大黒柱なのよ」と母親が言って、それに対しておれが「ぼくはー？　ぼくはー？」と聞いて、じゃあ大じゃなくて小、ってことになったのだ。小黒柱。中学生になってから聞くのは初めての気がする。

「なに。宿題があるんだけど」

嘘じゃない。図書室でやりそびれた数学の宿題があった。問題集二ページ分だ。最後の応用問題二つが難解に見えた。

「お父さんから言う？　わたしから？」

母親が、父親の顔を見る。

それで、伊吹も今日初めて、父親の顔を正面から見た。

前より、頬骨が高く見える。色が白いから、ほくろが目立つ。特に、左眉の端っこと、鼻の右側にあるほくろが大きい。

「実は今週は会社に行っていない」

何か相槌を求めていることがわかったので、伊吹は、

「ふうん」

とだけ言った。

「検査入院していた」

「え」

「その結果、病気だとわかったんだ」

おれは瞬きするのも息をするのも忘れた。

「胃がんだ。ステージⅠだそうだ」

「ステージ」

「ステージはⅠからⅣまであって、ごく初期だとⅠ、かなり病状が進んでいる状況がⅣ」

「じゃあ」

「ごく初期だ。手術で全部取り除くことができたら、完治だ」

「手術……」

「しばらく会社を休んで、治療に専念する」

父親の頬骨が高く見えたのは、痩せたからなのか。

胃がんってなんだ。仕事のしすぎなのか？　最初からそういう遺伝子があったのか？　それともストレスなのか。もし、そうだとしたら、おれもストレスを与えた要因の一つになるのか？　父親と3年間、ほとんど口をきかない息子――。

母親が後を継いだ。

「横浜星光っていう大きな病院に入院することになったから。伊吹も受験前で忙しいけれど、お見舞い、ときどき一緒に行こうね」

「いや、入院はそう長くないらしい。いまどきの手術はそうおおげさじゃないんだ。退院した後、家で療養する時間のほうが長いだろうな」

「家だとあなた、仕事しちゃいそうで心配」

「まあ、パソコンくらいいじらないと、退屈だろうな」

おれに何も返事を求められていなくて、助かった。でないと、彼らが期待していない言葉を連発していただろうから。

なんでだよ。

今までのキャラ設定と違うだろ。

父親が抜群に優秀で、自信に満ち溢れていて、おれに対して高圧的に接してくる……だからこそ、反発するかいがあったのだ、と初めて気がついた。

おれが塾をやめたり口をきかなくなったりできたのは、父親が高い壁になっていたからなのだ。

自由を摑んで、自分で人生を決めてるつもりだったけれど、全部「そうさせてもらってた」だけのことだ。

壁が崩れかけている。

もう、もたれることも、ボールを投げつけることも、蹴りを入れることもできない。壁にこれ以上亀裂が入らないように、おれはむしろ守る側に立たなきゃいけないんだ。

聞いてないよ。そんなの聞いてない。

「部屋に行く」

席を立ったおれに、父親は、

「すまんな、伊吹」

と謝（あやま）った。

母親は、背中をととん、と軽く叩（たた）いてきた。

18歳

青木橋は、片側三車線の広い道路を車がひっきりなしに走る大きな交差点だ。横断歩道を渡るまでに、長いこと待たされる。

「風が湿っぽいね」

傍らでつぶやいたのは由貴だった。制服のブレザーの袖を伸ばして、手のひらをその内側にしまいこんでいる。

四月に入って寒さはぐっとやわらいだけれど、今日のように曇天で日差しのない夕方は、冷気が身体に忍び込んでくる。

由貴は、夏になるとポニーテールが定番だが、今の時期は髪を下ろしている。肩甲骨のあたりまで届く長さだ。それこそ湿気をしっとりと吸い込みそうな、黒いつややかな髪だった。

もっと真上から、つむじのあたりを見下ろしたいのだが、あいにくおれの身長がそこまでするには足りなかった。というより、彼女の背が伸びたのだ。百六十五センチあるらしい。おれはそれより七センチ高いのだが、つむじをのぞくにはじゅうぶんではない。

「雨雲が近づいてんのかな。それか――」

おれは南の方角に見えるビル群を指さした。

「あの向こう、もう海だからね。海を渡ってきた風か」

「あそこは、わたしの知ってる海と違う、別の海だけど」

信号が青に変わった。トイレに入りたくてイライラしている子供みたいに、ワゴン車が右折したがって煽ってくる。ほんのわずか小走りするふりをして、実際は大して急がないままゆっくり渡り、海とは逆方向の鶴屋町に向かって歩き出した。

毎週木曜日だけ、おれたちは一緒に下校する。そして同じところへ向かう。

「故郷を離れて初めて故郷の良さってわかるよね」

「故郷」

おれは大げさに、前傾姿勢で腹を押さえるようにして笑う。

由貴の行動に対して、通常の一・五倍のリアクションを示す。高校に入学したころは、そんな自分を気持ち悪いと思っていたが、今ではすっかり習慣になってしまった。

「いや、でもわかる。由比ヶ浜になんでみんな必死に海水浴来るんだろうとか、長谷寺ってたくさんある寺のうちの一つに過ぎないじゃんって、おれも思ってたけど」

「江の島と富士山と夕日の組み合わせもね。中学のときは、校舎から見える景色も、見慣れすぎててどうとも思わなかったのに」

「由比中と恒高、環境が違いすぎるよなぁ。まあ、こっちはこっちで悪くないんだけど」

恒高とはおれたちが通っている横浜恒陽高校のことだ。最寄り駅が三つあって、横浜駅まで徒歩圏内だなんて、さすが都会の学校は違う、と入学前は憧れた。

今でも便利だとは思う。

ただ、空気が違う。それは感覚的なものじゃなくて、酸素と二酸化炭素のバランスの違い、および目に見えない塵の有無ではないかと思う。息を吸うたび何か物足りなさを感じる。喉がざらざらする。

「学校は楽しいんだけど。でも別の場所に帰れるのが嬉しいの。鎌倉を離れて、鎌倉を好きになった」

「ふるさとの訛なつかし停車場の人ごみの中にそを聴きにゆく」

「石川啄木。国語の資料集に出てたね」

「啄木は、故郷に帰れなくて、懐かしんでる。おれたちは毎日帰れるんだから幸せか」

大きなトラックが乗用車がバスが途切れることなく、ふたりを抜かしていく。

左手の路地に入れば交通量は一気に減るので、ひとりきりの日はそちらを歩く。でも、由貴と一緒のときは決して通らない。飲み屋街なので、足元のふらふらしている男が道路の端を歩いているから。いや、それはまだいい。飲食街の切れ目に、不意にラブホテルが現れるのだった。ご休憩、という文字が、ちかちか光って見える。だから決して近づいてはいけない。

この大通りは歩道が広くて、自転車が行き来する。リンリン、と後ろからベルが聞こえて、おれは由貴の肩を軽く押して、彼女に注意を促した。二年の間に、そのくらいの距離感まで自然と縮まった。

ここからさらに縮められる可能性については、何も期待していないけれど。

高校受験で同じ学校を選んだのは、本当に偶然だった。

おれたちの地元には、人気漫画のモデルにもなっている公立高校がある。江ノ電から徒歩すぐの坂道に建っていて、通学が大変そうな遠方からも、わざわざ受験しにくる生徒が大勢いるのだ。せっかくなら、そこを受けたらどうかと先生には言われた。

でも、小学校も中学校も高校も電車すら乗らなくていいような距離というのは、あまりにも守りに入りすぎていないか？

イチゴが好きだからとそればかり食べていたら、マンゴーもパイナップルも知らない大人になってしまうんじゃないか？

何より父の病気のことがあった。

バイトをしたかった。

金のことは心配するなと言われたけれど、抗がん剤治療が長引いたら、そしてもしも再発してまた手術となったら――。

鎌倉だと、バイトの競争率が高いし、選択肢も少ない。だから、横浜に出た方がいいとおれは思った。

それで、横浜恒陽高校を受験したのだ。

同じ中学から恒校に進学したのは四人。そのうちの一人が由貴だった。彼女の場合、従姉妹がこの学校出身で自由な雰囲気だと薦められていたらしい。その従姉妹にいまだ会ったことはないが、心のなかでおれは何度も「ありがとう！」と叫んでいる。

中学の頃は、席がたまたま近いから言葉を交わしていた、という程度の関係だったけれど、高校に入ってからはたまに登下校が一緒になり、学校でも一日一度は言葉を交わすようになり、さらに二年生の三学期からは予備校が週一回重なるようになった。

そんなふたりの間でよく出る話題が、先のようなことだった。

由比ヶ浜からぼんやり見た夕日は、他のどこででも見られるものではないということ、湘南を走る国道一三四号線がいくら壊滅的に混雑しているといっても、街路樹の葉が排気ガスで生気をなくすほどではないこと……愚痴と鎌倉愛を語り合う。横浜市民の同級生がそばにいたら不愉快になるだろうから、ふたりっきりのときに。特に話題がない場合、沈黙を避けるのには便利だった。

「コンビニ寄りたい？」

いきなり由貴に、現実に引き戻されて、おれはあわてて聞き返した。

「え？」

「コンビニ寄りたいって、キミは思ってるよね」

由貴は、おれを伊吹くんと呼んでくれることもあれば、キミと呼ぶこともある。どちらかというと、前者が好きだ。なぜって、彼女はたいていの男子に「キミ」と呼びかけるから。

ちなみにおれは、由貴を「ユッキー」と呼んでいる。女子の友人たちがそう呼んでいて、一度、便乗する感じでおれも同じように言ってみたら、由貴は驚くでも咎めるでもなく、ごく自然な感じで返事をしてくれた。それ以来だ。男子で、「ユッキー」と呼んでいるのはおれだけ、ということが密かな自慢だった。

「いや、別に」

「わたし知ってるよ。休み時間、塾を脱走してコンビニで雑誌買ってるでしょ？」

「あ……え」

別の講座を受けているので、気づかれているとは思わなかった。五十分の授業が二コマあるのだが、その間の十分の休憩中、きっとおれを探しにきてくれたことがあったんだ。由貴が、少し口をとがらせながら教室を見回している様子を、頭の中で想像する。

「だったら、今寄ろう」

「え？」

「ほら、目がコンビニのほう見てる」

ユッキーがコンビニコンビニっていうから見ただけだろ、と言い返したかったが、口がうまく動かなかった。なぜならコンビニに寄りたい気持ちがあるという点では図星だったからだ。

「わたしも買いたいものあるから」

「別にいいけど」

このあたりはコンビニエンスストアが二百メートルに一店舗くらいの間隔で並んでいる。由貴が先にずんずん歩いて、通りに面した、オレンジ色の看板の店へ入っていった。

どんなふうに取り繕おうか、頭がめまぐるしく回転し、ああでもないこうでもないと策を練った。数十秒の間に、七つくらいアイデアが浮かんでは消えた。

たとえば、お気に入りのお菓子があって、毎日それを買っているけれど、子どもじみているから由貴には内緒にしていた……とか？

「いらっしゃいませ〜」

店員から声がかかる。由貴はまっしぐらに、コスメのコーナーに行って、淡いピンクの色つきリップクリームを手に取っている。

「くちびるがカサカサしちゃって」

おれから見ると、由貴のくちびるはいつもぷるぷるに見える。女子の基準はわからない。

続いて彼女は、微炭酸入りのドリンクのペットボトルをつかんだ。

「最近、喉が渇いちゃって。一日に何本も飲んじゃう」

「ああ、バスケやってると、そりゃ喉渇くだろ」

中学生の頃、ボランティア部に所属していた由貴は、おとなしい文化系の生徒というイメージがあった。なのに高校に入って、バスケットボール部を選んだ。

「部活のない日でも、飲みたくなるの。細胞が水分を欲しているのかな」

「そうかも」

「で、伊吹くんは何か買うの？」

さっきこしらえた嘘を言うはずが、うっかり本当のことを口走っていた。

「毎週買ってるんだ。『週刊潮騒』」

「そうなの？　大人っぽい」

もういいや、とヤケクソ気味に、雑誌のラックに近づいた。「本日発売日」という赤いボードの裏側に並べられた『週刊潮騒』を一冊取った。表紙はパステルカラーの風景画で、今週は駅のプラットホームに佇む女性の絵だ。でも、絵柄に見とれる習慣はなく、特集をチェックする間もなく、おれは読者投稿欄を開いた。号によって掲載ページが前後するのに、おれの指はほぼ確実に、一発で目的地を引き当てるのだった。

「あ」

近視ではないのだが、目をぐっと近づけて確認した。

「なぁに？」

由貴がのぞきこんでくる。

取り繕おうという気持ちよりも、自慢したい気持ちが勝ってしまった。

「ほら、これ」

三つに分かれた投稿欄のうち、「読者の時事モンダイ」のコーナーを指差した。

「ん？」

「この投稿」

ハンドルネームを人差し指でなぞる。彼女が音読してくれた。

「ペンネーム鎌倉大仏、18歳……。え？　これもしかして」

「絶対ナイショで。学校のみんなには」

「いいけど、すごいなぁ」

「別に」

「何書いたの？」

内容は見せたくなかった。

「いや、たいしたことじゃ」

おれはあわてて雑誌を閉じかけたけれど、こういうとき、意外と由貴はすばやい。彼女の手が、あっという間にページの間に差し込まれている。

「読むぅ。ぼくの学校の先生は――」

「頼むから、音読しないでくれるかな」

風が強い日の海岸みたいだ。「読んでほしくなかった」と思う波と、「読まれたい」と願う波が交互に激しく打ち寄せる。


ぼくの学校の先生は、「LGBT」について強い関心を持っていて、性的なマイノリティを助けてあげなきゃいけない、うちの学校内にもそういう子がいたらおれが守る、と力強く言っています。でも、茶道部に所属している僕にはこんなことを言うのです。「男が茶道やるって変わってるな。部活は女子ばっかだろ?」。口調が明らかにバカにしてます。茶道部にいるマイノリティの僕を疎外する先生が、本当にLGBTの人を守れるのか、甚だ疑問です。

（ペンネーム　鎌倉大仏　18歳）


「これ、どの先生のこと?」

「まあ、それは言わないでおこうかな」

曖昧にしたのは、本当はモデルなどいないからだ。こういう、少し社会的な、でも高校生らしい発言を、読者投稿欄は待っているのだ。だから架空の先生に、悪役になってもらう。

「印刷ミス？　茶道部だって」

「敢えて、なんだ。ほら、ここ。個人のプライバシーを守る範囲での脚色は可とします、って書いてあるだろ」

「ああ、華道部の男子っていうと、特定されちゃう可能性があるから？」

「まあ、そういうこと」

言いながら、雑誌の棚の反対側にあるチップスの列をぼんやり見ていた。目を合わせられない。

嘘を書いて、雑誌に載せてもらっている。

自分のなかではすっかり当たり前になっていたことだけれど、由貴に聞かれると、そういえば汚いなと思う。

昔、わたしのネットの書き込みを盗み見た、そういう闇の部分が、伊吹くんのなかにはずっと残ってるのよね――。

頭のなかの由貴がおれを糾弾してくる。無論、本物の彼女はいまだにそのことを知らないのだけれど。

やっぱり読ませなければよかった。コンビニに来なければよかった。

しかし目の前の由貴は、頭のなかの彼女とは違った。

「すごいなぁ、カッコいいなぁ」

「カッコいい？」

「こんな雑誌、毎号読んでて意見書いて、読者欄に取り上げてもらって。伊吹くんのこと、けっこう知ってるつもりだったけど、知らない伊吹くんがここにいた」

人差し指をまっすぐおれに向けて、由貴は言う。「人を指で差すのは失礼です」と小さい頃に教わった気がするけれど、由貴は習わなかったのだろうか。なぜかこれをときどきやる。しかもおれはちっとも失礼と思わず、むしろドキリと胸の鼓動がはねて、身動きできなくなるのだった。

声が上ずらないように、いつもどおりの口調を意識する。

「そこそこ謝礼もらえるんだ。バイト3時間分くらい」

「あ、そうなんだ。大人向けの週刊誌って気前がいいんだね。高校生向けの本だと、賞品は雑誌のオリジナルグッズくらいだよね」

「ああ、そうかも」

「すごいな。そんな大人の雑誌に採用されるなんて」

「逆なんだよ、意外に」

「え？」

「おれたちの年齢をターゲットにしてる雑誌ってさ、ライバルが多いわけだよ。みんなほぼ同い年なんだから、書くネタも似てるだろうし」

「うん」

「この雑誌はさ、たぶん三十か四十くらいのサラリーマンが相手なんだ。でも、高校生も読んでるんだな、って雑誌の編集部も思われたいわけだよ。幅広い読者層に支持されてるっていうの？」

「ふうん」

「だから、おれらの世代向けじゃない雑誌をわざと狙って投稿すると、けっこう高い率で採用される」

「そうなんだ！」

ぺらぺらしゃべっている自分にハッと気づいた。

「って、ユッキーはそんなの書く気ないんだから、無駄な情報だよな」

「わたしは書く気ないけど面白い。伊吹くん、中学のときラジオにも送ってたよね」

「ああ、まあ。そういうのが好きなのかもなー」

適当に話を切り上げながら、レジに向かった。

またおれは、本音を言わなかった。

バイト代わりに稼ぎたいだけではない。これは実力試験なのだ。

昔は、ただの力試しで、採用されたらただただ嬉しかった。今は、自分が文章で金を稼げるか、ということを意識している。だから、二千円分の図書券だとか、そういう謝礼のある媒体だけを狙っている。記念品をくれるだけではダメなのだ。

コンビニを出ると、大通りの右手に予備校の看板が見えてくる。ここで、一時間七分後に授業が始まる。

おれたちは建物を行き過ぎて、一ブロック先のカフェに入った。

「奥が空いてる」

由貴は、狭い通路をすり抜けていった。

男子同士で来ている他校の生徒数人が、顔を上げて、由貴を見ている。

おれの血流が、一気に速くなった。

聖慶学園のグレーのブレザーを着たやつがいたからだ。ワイン色のネクタイがアクセントなのだった。

店の壁側に面して、カウンターのように長いテーブルがあって、そこに椅子が並んでいる。おれたちは隣り合う形で席を取った。斜め後ろのテーブル席が聖慶の男子二人組だ。

おれは声を張る。

「ユッキーは何にする」

「カフェラテにしよっかなー」

「じゃあ、おれが」

「なんで？」

「掲載祝い」

「あれ、わたしがお祝いするべきじゃないの？」

「いや、謝礼が入るからおれが」

くすっと由貴が笑った。

「じゃあ、お言葉に甘えて～」

レジでカフェラテを二杯頼んで、席に戻った。

「ありがと」

「おれ、ちょっとトイレ」

奥の御手洗いにおれは向かった。

本当は別に、取りたてて行きたかったわけではない。ただ、女性はデートでそういうことを気にしがちなので、男性は女性が言い出す前に、積極的に「トイレ行こうかな」と言ったほうがよい、という記事を以前、『週刊潮騒』で読んだ。だから、実践しているのだった。

でも、トイレから戻ってきて、自分の失敗に気づいた。

なんと聖慶のやつのうち、由貴と背中合わせになっている胴の長い男が、こっちを向いているではないか。由貴に何か話しかけている。

おれが肩をいからせながら近づくと、男はこっちを見上げて、「じゃ」という感じで由貴に軽く手を上げて、また参考書に目を落としている。

油断のならないやつ。

なんとなく舐めていた。こいつら、男子校だし、どうせガリガリ勉強するしかない頭だろうし、女子に気軽に声かけたりできないはずだ、と。

おれは、明らかに相手が視線を感じるくらいに、そいつをじっと見つめてから着席した。

「どうかした?」

そう聞いてみると、由貴はおれのノートの端っこに、

『いっしょにいるのはカレ氏?　って聞かれた』

と書いてきた。

「ふうん」

おれが由貴の表情を探っていると、真顔のまま彼女は書き足した。

『そうだよ、って答えた』

『!????』

おれはそう書いた。あと二つくらい「?」を足したかったが、勢いよくシャーペンを動かしすぎて、ぽきっと芯が折れた。

「めーわく……だよね?　ごめん」

声に出して彼女が謝ってくる。

「いやいやいやいやいや」

おれは、自分でも何回「いや」と言ったか、正確に数えられないほどのスピードで繰り返してから、

『そういうイミじゃなく。ただびっくりして』

とノートに記した。

乱暴な字のおれとは違って、由貴は丁寧に書く。

『カレ氏じゃないって答えたら、きっといろいろ言われちゃうの。前もそういうことあって』

『いろいろ？　前にも？』

『今度の休みどっか行こう的な』

『ナンパじゃん！』

『そう』

『予備校でナンパするなよ』

振り向いて男をにらみかけて、由貴に腕を引っ張られた。

『前に誘ってきたの、この人じゃない』

『他にもそういうやつがいるのかよ。ベンキョーしろっ!!』

ますます字が乱れた。

『わたしだけじゃない。ひとりで来る女子は多分たいてい声かけられるの。だから、この店、伊吹くんといっしょのときしか、来られないんだよ。ありがとね』

おれはしばし、彼女の書いた「伊吹くん」という文字のすばらしい整い方、特に「吹」の字の最後の一画が華麗に流れている様に見とれてから、返事を書いた。

『もう、いつでもカレ氏として守るから』

調子に乗りすぎたか、と思っておそるおそる見ると、彼女はうなずいて、参考書を開いた。その頬が赤くなっているように見えるのは、気のせいだろうか。少なくとも夕日のせいではない。なぜならこの店の窓は北側に面しているからだ。

今日はこれから生物と数学の講義を受ける。テキストを開いたが、気が付いたらページの端を三角に折りながら、数式とは縁遠い世界へ脳が飛び立っていた。

由貴は多朗が好きだった。それは本人に聞かされてしまった。でも結局告白したのかどうか、顛末はどちらからも聞いていない。中学を卒業してから、北海道と鎌倉で、連絡を取り合っているのかどうかも。

頼む、教えて。そういうふうに頭を下げて事情を聞く可愛げがおれにはなかった。胸を張れるものを何も持っていないくせに、威嚇するダチョウみたいに胸を張ってしまっている。

由貴が、おれのことを好きなわけないと思う。

いや、でも絶対そんなはずはないと決めつけるあまり、何かを見落としていたのではないか。

結局、一問も解けないまま、予備校へ移動する時間が来てしまった。

「御手洗い行ってくるね」

由貴が席を立つ。

「あのー、文化祭、来月っすよね？　入場券とかいらないんですよね？」

背後で声は聞こえていたが、まさか自分に話しかけているとは思わなかった。肩を叩かれてようやく振り向いた。さっき由貴に話しかけていた胴長の男だ。残念なことに、よく見ると、椅子から投げ出されている足も長いのだった。

「ああ、恒陽祭なら、誰でも入れるっすけど」

相手の口調を真似て、おれは答えた。

「あ、そうなんだ。ありがとう。男子バレー部に従兄弟がいて、動画撮ってくれって言われてるんすよ。でも、チケットもらってないなと思って」

「ああ、はい」

「共学校って行ったことなくて」

「そうなんだ」

「いや、恒陽高校さんて、レベル高いっすね、って思って。でも、かわいい子はみんなカレ氏いんのかなー」

「カノジョ探すなら、女子高行った方がいいだろ」

同じ聖慶の仲間がテーブルの向こうから口を挟む。初めて顔をちゃんと見たが、こいつのほうは最近人気の二世タレントに似ている。いかにも坊ちゃんって感じで、左手首には大きな銀色の腕時計がぴかぴか光っている。

こいつらが、おれのクラスメイトになる可能性がほんのわずか、あったのだ。十二歳の頃には。でも、まったくピンと来ない。おれのなかの聖慶は、もっと自分の都合のいいように歪められていて、イメージする同級生は全員レンズの分厚いメガネをかけて、辞書みたいに重い本を片手に持ちながら歩いていて、口数が少なかった。

「聖慶ならモテるっしょ？」

言い方が少し卑屈だったかと、舌を嚙みたくなる。

「いやー、全然すよぅ。まあたまに合コンぽいのやりますけど、共学のほうが天国ですって。あ、ちなみに部活、なんすか？」

「え、おれの」

「そうっす。せっかく知り合いになったし」

人懐っこい笑みを見せられる。

こういうときに、さらりと答えられる部活をどうして選ばなかったのだと思う。結局、話したくないときの常套手段を使った。曖昧に、曖昧に。

「いや、おれ、あんま部活は」

「ああ、帰宅部すか。うちの学校も高校になると、けっこう増えてますよ」

「君は」

「あ、一応野球部なんすー。おれら二人とも。でもヘナチョコですけどね。県大会一回戦でコールド負けしないのが目標って程度の」

「SNS、なんかやってる？」

奥の席の二世タレント風が聞いてきた。

「マイルームとか」

「ああ、前はやってたけど、最近はほとんどやってなくて」

嘘をつく。

「わかる。SNSって無駄に時間食いますよねー。おれもID削除しちゃった」

手前のやつが言ったけど、おれは自分のついた嘘につまずいて、会話を進められずにいた。

マイルームで今でも頻繁にやりとりしている相手は多朗だけだった。しかも、離れてから二年以上たって、会話はずいぶん減った。相手が何かメッセージを送ってくると通知が届くので、それを見てログインして返事をする、という程度だ。

由貴とは、マイルームではつながっていない。おれはあまりSNSには興味がないんだ、という演技をし続けたかった。

たいていの犯罪には時効があるけれど、おれがやってしまったあの日の盗み見には、誰かがはっきりと許してくれる期限がない。

マイルームをただ一度だけ、おれではない名前でログインしたときのこと。由貴のことを由貴が知らないところで裏切った――。

忘れたつもりになった頃、不意にあの日の風景に襲われる。

「お待たせ」

由貴が戻ってきた。おれはすぐに立ち上がって、すばやく机の上のものをバッグに放り込んだ。

「じゃあ、また」

聖慶コンビは、由貴に部活を聞くことはなかった。本当におれと親しくなろうとしてくれていたみたいだ。なのに、最後、素っ気なく振舞ってしまった。

でも、小石の上をでたらめに飛び跳ねるカエルみたいに、おれの思考もあちこち飛んで、いつまでも聖慶コンビのもとに留まっていない。

由貴の気持ちはどうなんだろう。

今でも多朗を好きなんじゃないのか？

もしもおれを好きになってくれているのだとしたら、いったいどこを。大きな瞳の由貴だけれど、きっとおれの汚さを見逃している。

＊

予備校の席は指定されていない。毎回、自分の座りたい場所を取るのだ。

おれは、前から二列目の中央と決めていた。病気の親に授業料を出してもらっているからには、元を取らなくてはならないから。前の方に座りたいやつは少ないため、直前に行っても、余裕で席を確保することができる。

授業が始まる直前、おれはマイルームにログインした。多朗に向けてコメントを書き込む。

「あのさ。やっちまったな、と思う過去があるとして。何年も前のことで、相手は何も知らない。急に謝ったら相手は驚くし失望すると思うけど、言わないのはおれのなかで誠実じゃないという気がする。っていう場合、おまえならどうする？　あ、ちなみにこれはおまえに対してやっちまった過去ではないです」

送った後、何書いてんだ、と我に返った。

普段、おれたちは「部活サボった」とか「こっちは回転寿司のネタが信じられないほどデカイんだぜ」「写真オクレ」とかどうでもいい会話しかしていない。

おれは多朗にどんな返事を求めているのだろう。クラスメイトにだって部活にだって親しいやつは何人もいるのに、なぜこいつに相談しているのだろう。

遠くにいるから言いやすい。こっちの事情がわからないから聞きやすい。それはたしかにある。

でもそこだけじゃない。

多朗を試したいのかもしれない。

相談することで、「さすが」と思える回答がほしかったのか「こいつに相談することなかったわ。おれの直感通りに行こう」と安心できる回答がほしかったのか——。

くだらねえ、おれ。

コメントを削除しようと思ったとき、ちょうど先生が入ってきてしまった。生物の坂場先生は、「一分たりとも雑談でみんなの大切な時間を奪わない」ことをモットーにしている人で、授業の冒頭も時候の挨拶どころか、「こんにちは」すら言わないのだ。

「はい、テキスト百四ページ。前回の続き。窒素固定が自然界に見られるのは——」

コメントを消去するヒマがなかった。おれはスマホを閉じて、早くも板書を始めた先生の文字を懸命に書き写した。

坂場先生の授業はあっという間に時間がたつ。夢中でノートを取って、テキストを読んで、突然指名されないか警戒している間に、五十分間は流れ、チャイムが鳴った。

休み時間に入った。次は数学だ。今日は週刊誌を買いにコンビニへ行く必要がないので、おれは席に座ったままスマホを起動させた。コメントをまだ多朗が見ていないようだったら、今度こそ削除しようと思ったのだ。

しかし、見ていたのみならず多朗は既に返事を送ってきていた。言葉を少しずつ積み重ねて、いくつものコメントに分けて書いてきている。

「どういう状況かよくわかんねーけど」
「何かを相手に打ち明けるか打ち明けないか迷ってるってことかな」
「だとしたら」
「打ち明けるか打ち明けないかどっちが自分が楽になるか考えろ」
「そんで楽にならないほうを選べ」
「ってじいちゃんが言ってた」

ここでいったんコメントが途切れて、多朗はログアウトしている。そしてまた二十分後に戻ってきていた。

「たいていは打ち明けたほうが楽になる」

「告白してせいせいするってやつ」

「でもせいせいした分は聞かされた相手のほうが背負うことになる」

「ってじいちゃんが言ってた」


おれは「参考になったよ。じいちゃんによろしく伝えてくれ」と返信しかけてから、それを消して、ただ「ありがとう」とだけ書き送った。

多朗はやっぱり鋭いのだ。

伊吹、よくわかんねえけど、おまえは楽になりたがってて、おれに賛成してほしいんだろう？　そうはいかねえよ、とやつは言っている。

*

横浜駅から乗った横須賀線は、いつも通り混んでいる。おれは吊革に両手でつかまって、窓に映る自分を見ていた。同じく窓に映っている由貴をときどきちらっと見る。間にスーツ姿の男性二人組が割り込んでしまったので、しゃべることはできない。でもかまわなかった。鎌倉駅が近づけば自然と電車も空いてくる。

戸塚駅で由貴の前の席が空いた。彼女は座って目を閉じた。

おれはスマホを開いて、多朗からのコメントを再び眺めた。

大船駅でたくさん人が降りたけれど、おれは敢えて、由貴から離れた場所に立っていた。彼女はうたた寝しているように見えて、目を覚ましているらしい。時折、左手で眉間を押さえている。

鎌倉駅に到着すると、由貴は顔を上げた。色がいつもよりも白く見えるのは、照明のせいだろうか。

プラットホームに降りた人の数があまりに多くて、おれは由貴を見失った。毎週木曜日、こうやって一緒に帰るときの暗黙の了解がある。はぐれたときは、江ノ電の改札付近で待ち合わせ。このあたりまで来ると、人混みも一気に解消するのだ。

彼女はなかなか姿を見せなかった。御手洗いにでも寄っているのかと思うほどに。

「あ」

ようやく姿を現した由貴に向かって、おれは目立たないように手を振った。

「どうしたの」

「ちょっと、立ちくらみっぽくって」

「え！　大丈夫かよ。ベンチ――」

あたりを見回すと、由貴は首を横に振った。

「もう平気」

「って言っても」

「脱水症状なのかなぁ。急いでペットボトル買って飲んだら、すぐによくなった」

「ほんとかよ」

「ばっちり」

「脱水症状なぁ。おれより水分取ってる気がするのにな」

もしかしたら生理痛なのかな、それを悟られないように言い訳しているのかな、という気がしたので、その話題については切り上げた。

ちょうど四両編成の電車が入ってきた。

二か月後、六月の紫陽花の時期には、車両が大混雑する。家の近くにある長谷寺へ、みんなが花を見に殺到するため、鎌倉駅で観光客が一時間半並ぶこともある。

もっとも、そんな混雑時でさえ、日が暮れると急に車両は静かになる。

そして今もそうだ。仕事帰りの人たちはそこそこいるけれど、ラッシュになるほどではない。電車は静かに走り出す。おれたちの車両は立っている人が誰もいなくて、三人分くらいの広さのシートに、ゆったりふたりで腰かけた。

やはり由貴のいう通り、脱水症状だったのか。顔色が、明らかにさっきよりもよくなってきた。

「明日は部活？」

そう彼女がたずねてきたので、おれはうなずいた。

「デパート」

「え、デパートで部活？」

「うちの部に教えに来てる外部の先生が、デパートの華道展に出品するんだってさ。それを見学っていうか手伝いっていうか」

「そうなんだ」

「結局ただの冷やかしになるだろうけどさ、開店前のデパートに裏口から入れるって面白いし」

華道部。

自分で選んだくせに、引け目を感じている。週刊誌に書いた先生の発言は創作だけれど、「華道部です」といって、返ってくる好奇の目は、友達でも親戚でも、みんな同じだ。たいていの人が目を丸くした後、ぷっと吹き出す。男なのに、と。

だから、さっき聖慶のやつらに部活を聞かれたとき、曖昧にごまかしてしまった。

高校に入学した時点で、部活動をやる気はまったくなかった。バイト三昧の生活を送るはずだった。できれば月に五万以上は稼ぎたいと思っていた。毎月四万円は貯金しておいて、あとの一万円で、友達関係の出費や必要経費を、全部まかなうのだ。親に小遣いはもらわない。

父親が仕事できなくなって家が困ったら、貯金を母親に渡す。あるいは、大学進学の資金にする。

　だから「何部に入ろうかぁ～」とそわそわしているクラスメイトたちが、正直幼く見えた。そうは言いながら、由貴が何部を選ぶのかはしっかりチェックしていたけれど。

　四月にほぼ全員が入部し終わって、その頃、おれはようやく別にバイト三昧の生活を送らなくてよかったのだということに気づいた。

　父親は、職場に完全復帰した。

「部活はもう決めたのか」

　にこにこと父に聞かれて、おれは半ば抗議の意味を込めて、部活の代わりにバイトを決めた旨を伝えた。

　すると父親は通帳を出してきた。

　学費用に積み立てていて、大学を出る分までの授業料は既に確保してある、という。「医学部だと、ちょっと足りないかもな」と父は笑った。

　ありがとう、と言うべきだったのに言えなかった。おれが何か思いついてこっそり努力しても無駄なんだ、という気がした。病気というハンデを負った父にも、決して勝てない。

　さらに追い打ちをかけられた。

「バイトなら大学に入ってから、いくらでもできる。高校時代の部活は大事だぞ。父さんはな、器械体操部と理科部を掛け持ちしていて、ほんと大変で――」

想い出話、もとい自慢話を聞かされてしまったのだった。

それは、一か月前に聞いておくべきだった。まだ入部できなくはないが、勧誘はすっかり終わっている。

そんなときだった。

担任の照本先生に目をつけられた。帰宅部は感心しない、今からでも大歓迎するから入らないか、という魅惑的な誘いだった。

「いいか、狩野。華道部は女の部活だと思ってるんなら、大きな間違いだ。華道の家元は男が多いんだぞ？　ダイナミックな大きい作品を手掛けるには体力も腕力もいる。おまえがイメージしてるような、小さな花瓶にちょこちょこ活けるだけが華道じゃないんだ。部活は週に一度。おまえがアルバイトをやる邪魔にはならんだろう？」

照本先生は、華道部の顧問だったのだ。

どこかの週刊誌に体験談を投稿するにしても、将来就職するにしても、変わった部活に所属しているのはきっと「ネタ」になると思って、結局入部した。

おれだけではない。うちの高校の華道部は、なぜだか伝統的に〝男女共学〟だ。同じ学年にはもう一人、男子がいる。二年生にも二人、さらに今年の一年生は三人入りそうだった。

けれど、これらを一気に説明するのはほぼ不可能なので、おれは学校外の人に部活を聞かれると、「やっぱり野球部にしときゃよかった」と思いながら、もごもご口ごもってしまうのだった。

「華道展、東京？」

「いや、横浜。終わった後、みなとみらいで親と合流して一緒に飯食うんだ」

「仲いいね、伊吹くんの家族」

鼻と目の間がむずむず痒くなって、ごしごしとこすった。

「いや、おれ、中学んときは、親父とまったく口もきかなかったんだぜ」

「そうなの？」

「まあでも、いつまでも反抗期やってる状況でもなかったからさ」

中学生の頃、自分は父親をかたどった風船に、自分でどんどん空気を吹きこんでいたのだと思う。膨張したその像は、ある日ついにパンと割れてしまった。

「親父が会社でやってるプロジェクトが一段落ついたんだってさ。一区切りすると、家族でうまいもん食う、っていうのがいつの間にか約束になって。じゃないと親父、次から次へと仕事入れちゃう。ワーカホリック系だから」

「お父さん、ほんとよかったよね。すっかり元気になられて」

「今、術後三年目なんだ。胃がんの場合、丸二年大丈夫だったら、再発の可能性は高くないって先生に言われてて」

「そうなんだ、もう安心なんだね」

「まだ半年ごとに検診あるけど」

「みなとみらいでお昼、何食べるの？　お父さんって食べられないものとかもあるんでしょ？」

「いや、それがなんでも食う。ランチバイキングだし」

「でも、胃――」

「そう、三分の二、切除したのにな。普通になんでもオッケーだし」

そう言いながら、おれは、実はちっとも父親に思いを馳せていなかった。

由貴に聞きたいことがある。どこから、どう聞こう。

「明日、そっちの部活は？」

無難なところから入った。既に電車は鎌倉駅の次の和田塚駅を発車している。

「うちは、明日は練習。あさって、すべてが終わるんだなぁ。まあ、ほんとの最後は文化祭の招待試合だけどね」

「明日が引退試合？」

「そう。大会の一回戦」

「勝てば続きがあるんだろ？」

「勝てない」

由貴はうふっと首をすくめた。

「しかも、わたしは出ない。たぶん」

「最後くらい、ちょっとは」

「ベンチで声出してるほうがいいんだ」

去年、体育の授業で、男子がサッカーで女子がバスケだったことがあった。先生が用事で消えたときに、グラウンドを抜け出して、おれは体育館を男子数人と一緒にのぞきに行った。

「あいつ、ほんとにバスケ部？」

友達があきれてそう言うほどに、由貴はシュートが下手だった。スリーポイントシュートのお手本を見せるように先生に言われてやっても、腕力が足りなくてボールがリングにまったく届かないのだ。一メートル手前ですとんと落ちてしまう。

「もういい。わたしがやる」

と、先生に言われて、指導役をクビになっていた。

「ユッキーって、文化部のイメージあった」

「やっぱり？」

「バスケ部入ったのってさ」

おれは息を吸い直してから、思い切って続けた。

「多朗の影響？」

「ああ……うん。そういえばそうだった。石島くんがやってたから、高校でわたしもやってみよう、って」

「そっか……多朗とは」

「え」

「おれはよく、マイルームでメッセージ交換してるけど」

「あ、全然知らない。ＩＤも」

「え」

「あ……そうだ。報告を怠ってた。わたし。お騒がせしたのにね、あのとき」

由貴は両手で両頰を押さえた。

「告白しなかったの。結局」

「え！」

「文化祭当日ね。バスケ部の試合の前に、体育館の裏口で、石島くんがしゃべってたの」

「誰と？」

「女の人。きれいなレインボーカラーのＴシャツに短パンで、派手なんだけどさわやかで。梅雨明けの夏の空みたいな」

「ふうん」

その人が誰だか、察しはついた。多朗の片想いの先輩だ、きっと。ＯＧとして訪ねてきたのだ。

「見たことない、石島くんの笑顔。付き合ってるのか、これから付き合うのか、そこまではアレだったけど、わたしが何か言ってもこの人を困らせるだけなんだ、ってわかったの」

そこで言葉を切ったので、おれはあわてて沈黙を埋めた。

「そっか……なんて言っていいか」

すると由貴は笑みを浮かべた。

「高校に入って、バスケやってみて、正直一度も楽しいと思わなかった。同級生が六人しかいなくって、『頑張ればスタメンになれるよ』って先輩にハッパかけられて、わたし、ぜひただ一人のスタメン落ちを狙いたいって思って」

「でもやめなかった。三年間」

「友達も先輩もいい人たちばっかりだったから。わたしみたいなタイプに、体育会系のお友達、もう一生できないと思うし」

電車が減速して、由比ヶ浜駅のホームに停車した。おれたちは立ち上がった。

「ごめんね、伊吹くん」

「なにが」

「幻の告白なのに、伊吹くんに話しちゃったことで、覚えててもらって」

「いや……うん」

「自分に都合の悪いことは忘れちゃってた」

そう言いながら、彼女はＩＣカードをタッチして、改札を通り抜ける。おれも続いた。

「わたしって、すぐ慣れちゃう。忘れちゃう。本当は伊吹くん、長谷駅が最寄りなのに、わたしに合わせてひとつ前で降りてくれてる、っていうのも、だんだん慣れちゃって。当たり前になって」

「おれ自身、すっかり当たり前になってるから。ユッキーがいないときでも、うっかり由比ヶ浜で降りて、あれ？　って思うときある」

大げさに首をすくめてみせると、由貴は目をぱっちり開けて、頬をわずかにふくらませた。これは彼女にとっては、笑顔にとても近い表情だ、とおれは知っている。

「伊吹くんに話したことも忘れてた。そうだよね。イヤだよね。他の誰かを好きだったわたしなんて」

「え」

慎重に。慎重に聞いて、慎重に考えろ。頭のなかでアラームが鳴り始めた。遠くを走っていく救急車のサイレンとシンクロしている。

「イヤって、もしかして昼間の『カレ氏参上』の件？　だったらおれ、まったくイヤじゃないから。むしろ――」

どこまで突っ走っていいのか、と口ごもる。

ついさっきまで、由貴は多朗と連絡を取り合っていると信じていたから、おれのなかに野望のかけらもなかった。何か期待してもいいのだろうか。カッコ悪くはなりたくない。けれど、体裁を気にしすぎることで、由貴に決定的なことを言わせるような、そういうずるさを見せてはいけない。

そうだ。ずるさ。油断するとすぐに、おれはずるさを全開にしてしまう。

「おれはさ」

「わたしね」

ふたりの言葉が重なった。由貴が振り返って周りを気にした。

それきりどちらも言葉を発しなかった。

いつもの通りの一本手前、細い路地を曲がった。彼女もついてくる。

四月の夜は、座ろうと思ったらどこまでも沈んでいくソファのように、気温がゆっくり下がり続けていく。

おれはブレザーの襟を立てた。

「少し遅くなっても大丈夫かな」

「どこ行くの」

「星月夜天神」

「いいよ」

路地を曲がって、また細い路地へ。

ビーフシチューのような香り(かお)が漂う(ただよ)家の前を通って、小さい子供が笑っているのか泣いているのかよくわからない大声を上げている家の前を通って、ようやく神社に着いた。

「ここで、多朗が毎晩やってたんだ」

「え、何を」

「おみくじ。こうやって、結んであるだろ？　そのうち一本取って、自分の運勢を占う(うらな)んだ」

「あは、倹約できるね」

おれは松の木の枝先に結(ゆ)わえつけられた一本をほどいた。

「交際」の欄(らん)を見る。


願いは叶う(かな)。時間をかければ。


街灯の薄明(うすあ)かりでようやく読みとった。

「わたしも取ったよ」

由貴がそう言いながら、おみくじを開いた。

「なんだって？」

何気なく覗(のぞ)き込(こ)みながら、「交際」のところを見る。

まったく同じ言葉が書かれていた。おそらくここのおみくじは五十本くらいあると思うのだが、完全に同じものを選んだのだ。確率は二パーセントか。どんなささいなことでも「運命」と言いたい自分がいる。

「ほら、同じ」

おれは自分のを見せた。

「ほんとだ」

由貴が見比べている。

ここのおみくじは当たる——。

そう言っていた多朗の声が、まるでここにいるように鮮やかに蘇ってきて、おれは決めた。言おう。

「あのさ」

「ん？」

「おれら、今、受験があって、やらなきゃいけないことといっぱいあって」

「うん」

「来年、お互い無事に春が来たらさ。そのとき、おれ、ユッキーに伝えたいことがあるんだけど、聞いてくれるかな」

由貴の顔をおそるおそる見る。白く鈍い光を放つ街灯は、彼女を亡霊っぽく見せる。

「いやだよ」

そう言ったわりに、由貴はごくわずかに口角を上げている。

「来年はいや。そんなに待てない」

「え」

「気になるでしょ？」

「じゃあ……」

「今」

おれは息を思いきり吐いた。突然、緊張の極みに到達してしまったからなのだが、由貴には違った風に聞こえたかもしれない。あきれたため息のように。だから、あわてて思いきり吸った。

「お互い進路が決まったら……付き合ってほしい」

由貴が身動きしない。おれは、肝心なことを言っていなかったことに気づいた。

「ずっと前から……好きだったから」

なんと陳腐な。

人生初めての告白が、こんなふうじゃ週刊誌にも投稿できないではないか。と自分を叱責しかけて、またも気づく。これはネタにしなくていいのだ。しないものなのだ。一生、ふたりだけが知っていればいい。

彼女は返事をしない。

おれは地面を見た。

影が動いた。

由貴の細い首と頭が、かくりと四十度、いや五十度ほど角度をつけて下に移動した。

「時間をかけて、ね」

「うん」

告白してオッケーをもらう瞬間。もっと喜びが爆発するのかと思っていた。意外とおれは混乱していない。あまりに現実感がなくて、どこかで「どうせこれは夢だろ」と思い込んでいるのかもしれなかった。

「このおみくじ、どうするの？」

「結び直そう」

二本をそれぞれ、ほぼ元通りの場所に戻すのを由貴が眺めている。

「どうしてオッケーしてくれたの？」

手元に目線を向けながら、何気なさを装って、おれは尋ねた。

「いろいろ、あるけど。うーん、尊敬……かなあ。頭いいでしょ。読書感想文コンクールの学校代表、去年選ばれたときも誇らしかったな」

そんなふうに見てくれていたなんて、思いもよらなかった。

「それに、同じところで、同じ海を見て育ってきた。これからもこの場所で、ずっと一緒にいる。そういうのっていいな、と思った」

「そうだね」

おれたちの共通の話題。鎌倉愛。

それは、話題がないときの時間つぶしではなくて、一生語り合う大切なテーマなのだ、と今決まった。

おれは右手を差し出して、彼女の左手を握った。

温かい。こんなに寒いのに、少し汗ばんでいるようにも感じる。それとも汗ばんでいるのはおれの指か。

「家に帰ろう」

「いきなり手つなぎデート？」

「付き合うのは先だけど、手くらいはいいだろ」

「でも、手をつないだら、付き合ってるってことじゃないの？」

「付き合うのはキスからだろ」

おれたちは、いつもよりもはしゃぎ気味で、キスという言葉も、さらりと流すふりをした。実際にはくちびるが強張りそうなほどに、不自然に発していたのだけれど。

それを悟られないように、手をつなぎ直した。

「伊吹くんが、ハート強いことにびっくりした」

「え」

「わたし、おみくじ見た瞬間、心が折れそうになったのに」

「なんで」

「あのおみくじ、『大凶』だったじゃない？　だから」

「え」

「え、って？」

「おれ、交際のとこに書かれてた言葉しか見てなかった」

「やっぱりハート強い」

彼女がおれの手を放して、両手を口元に当てて笑った。

「大凶を引き当てたのは、おれたちじゃなくて、最初におみくじ引いた人だからな」

「あ、そこは転嫁しちゃうんだ」

由貴が声を出さずに、肩を揺らして笑った。その肩をぎゅっと引き寄せたかった。

激しい誘惑におれは勝った。

そうしてしまったら、きっと大学受験なんてどうでもよくなるだろうから。

おれは空を見上げた。

星はひとつも出ていなかった。

デパートの七階で、おれたちができることは何もなかった。部活に毎週、指導に来てくれている若宮先生は、こういう展示会場の裏側を見せたかっただけのようだ。部員たちはそもそもあてにされていなかった。

若宮先生に与えられた場所は二畳分くらいの広さで、そこに巨大な壺を置いて、名前のわからない大きな花を活けようとしている。手伝っているのは、先生が主催している教室のお弟子さんたちだ。弟子といっても、四十代なのか五十代なのか、とにかく先生よりも年上の男の人、女の人が囲んでいる。

おれたちがそばで様子を見ていると、横のスペースを使って準備している別の先生が、「そこごめんね」「どいて」と邪魔者扱いするので、だんだん遠ざかって、広い通路を少しずつ移動しながら、みんなの活ける様子を見守った。

展示場の入口に、家元が大きな木の枝を組み合わせたオブジェのようなものを作っている。おれが担任の先生に勧誘されたときの言葉どおり、この流派を束ねる家元は男性だ。一年生が、

「家元に、一緒に写真撮ってくださいって言ったらダメですかねえ」

と相談してきたので、

「とりあえずやめとけ」

と答えた。怒鳴られたら、若宮先生の立場がなくなってしまう。

家元は、おれの父よりも若そうなので、三十五歳くらいだろうか。でも、和装なので貫禄がある。その作業は「花を活ける」というよりは「大工仕事」に見えた。桜の太い枝を支える腕の血管が浮き出ている。

おれが華道部を選んだのは、担任に強く誘われたから、でもあり、男子が普通やらない部活動に挑戦すればネタになるから、でもあったけれど、もうひとつ理由があった。どうせ部活をやるなら、何か資格を取れるほうが有意義だと思ったのだ。

華道を長くやっていれば、師範の免状が取れる。もちろん、師範にもいろんなレベルがあって、若宮先生は、家元にも一目置かれているベテラン師範なのだけれど、そこまでいかなくてもいい。

文章を書く仕事につけないようだったら、華道もある。そういうふうになればいいと思っていた。

もっとも、この二年一か月で痛感している。

華道のセンスはほんと、ないようだ。先生は、いつもおれの作品が完成すると、「そうね、ここはもう少しこうしましょうか」「この花は前に持ってきた方がいいわね」などと言って、結局全部作り変えてしまっている。そして、実際、冴えなかった作品が、同じ素材を使っているのにぱっと華やかになるのだ。

「みなさん、早朝から来てもらって、お疲れさまでした。奥の方にね、高校生のコンクールの入賞作品があるから。たぶんもう活けられてると思うから、帰りにそれ見て帰ってね。みなさんも来年は入賞して、ここで展示ができるように。そういう刺激を受け取って帰ってほしいのよ」

「はい」

二年生が力を込めて返事している。おれたち三年生は、もう来年がないから、ただうなずくだけだ。

高校の展示作品は三校分あった。どれも、まあきれいだけれど、うちが負けた理由は、おれにはよくわからなかった。やはりセンスがないせいなのだろう。

「昼ごはん、どっかで食べる？」

そんな同級生たちの誘いを断って、おれは京浜東北線の下り電車に乗った。スマホの単語アプリで英単語を三つ四つチェックしている間に、もう桜木町駅へ着いた。

目指すランドマークタワーは、みなとみらい21地区の中心にそびえる巨大なビルだ。そこへ向かう歩道では、おれと同じ高校生か、もう少し上の大学生か、そんな二人組や三人組が大勢いて、帆船の日本丸、その向こうの海、そして観覧車を背景に、写真を撮り合っている。

おれは、こんな風景は見慣れすぎている、というようなそぶりで、脇見もせずにタワーに入った。展望台のひとつ下の階まで高速エレベーターはノンストップだった。背中からふわっと浮くような感覚に襲われる。

店に着くと、両親は既に来ていた。

おれは母のとなりに座った。今でも、父の真横に腰かけるのは、なぜだか少し抵抗がある。向かい合っていたほうがいい。

窓のはるかはるか下に、おれの指のつめよりも小さい車が列を作って走っている。一キロ半先の横浜スタジアムは、もし手に取れるなら、父がお酒を飲むときのお猪口にちょうどよさそうだ。もっとも父は手術以来、一年に数回しか、酒を飲まなくなったけれど。

「さ、バイキングは戦場だ。取りに行こうか。あの人混みをかき分けて、ほしいものを持って帰らなくてはならない」

父親のおどけた口調に、おれは合わせた。

「いざ出陣！」

三年前の手術以来、父は髪を短く切った。高校野球の監督みたいだ。おでこが露わになって、怒ったり困った顔をしたりするたび、そこに三本の深い皺が刻まれることを知った。それは、ちょっとマンガっぽくて、今まで親に感じていた怖さがずいぶん薄れた。

というより、そもそも父が笑った顔を、小学生の頃はあまり見たことがなかった。

一緒にゲームをやって遊んでも、父は淡々とステージをクリアしていく。

これの何が面白いんだ？　ん？　くだらんじゃないか？　ゲームを製作した人間は父さんより頭が悪いんだろうな？

そんなふうに問いかけられているような気がすることもあった。

今の父はよく笑う。

病気になった頃は、笑うと免疫力が高まるらしい、という趣旨の本を熱心に読んでいて、だから、笑いもどこかぎこちないように思えたが、それは父が笑いに慣れていないのではなくて、おれが父の笑顔に慣れていなかっただけかもしれない。術後一年、二年とたつうちに、父が笑ったときに動くホクロのほか、向かって右のくちびるの端っこに浮かぶエクボに、親しみさえ感じるようになってしまった。これが浮かび続ける限り、がんは再発しない――そんな安心の刻印にも思えて。

父は、皿に山盛りの温野菜とローストビーフとチキンのグリルとパスタを載せていた。

仕事、お疲れさま。どんなプロジェクトだったの。

そんな話題を振った方がいいかと迷いながらエビのフリッターを頬張っていると、父のほうから先に質問を投げてきた。

「で、進路のほうはどうするんだ」

そういう話題は久しく出たことがなくて、油断していた。

おれは背筋に力を入れて、少し痛いくらいに体を反らした。

「うん……やっぱり文系で」

いまさら理系など行けないくらい、物理と化学が致命的に苦手なのだが、母がおれの成績をどこまで父に知らせているかわからないので、少し弱めに主張した。

「いいと思うぞ」

あっさり言われて、おれは背もたれにごつんと頭をぶつけた。

「え、ほんとに」

「なんでだ」

「だって、父さん理系だから」

「別に跡継ぎが必要な仕事じゃない。会社の役員をやってるったって、世襲制じゃないしな。ＩＴ系なんて、世襲から最も遠いところにあるさ」

「うん」

「文系でも理系でもかまわない。国立でも私大でもかまわん」

え、そうなんだ。とおれは、言葉を遮りそうになって、それを堪えた。やはり国立、それも父の出身校と同じ最高学府に行かなければならないのではないか、という圧力を感じ続けていた。そのために、生物と数学だけ、予備校に通わせてもらっていたのだ。さすがに独学では百五十パーセント無理だから。通っても、そのパーセンテージが半減する程度だ。

「今の時代、大事なのは、『手に職』をつけることだとおれは思う」

「え?」

「『手に職』という言い方が馴染まなかったら、仕事をする『手段』だな」

ますますよくわからないけれど、こういうときに首をかしげてはいけないような圧迫感を、いまだに父から受ける。

「うん……」

曖昧に首を縦に振っていると、父は説明を続けてくれた。

「おれの場合、大学入ってからすぐに始めたプログラミング言語。これが結局現在も生きている。まあ、おまえもどこかで聞きかじってるかもしれないが、プログラミング言語といっても、いろいろある。まず何を選ぶか。これからの時代、長く使われるもの。応用がきくもの。ここでセンスが問われるわけだ」

「ふうん」

センスという言葉に、尻込みしたくなる。

「おそらく文系も同じなんじゃないかとおれは思ってる」

「プログラミング言語……?」

「じゃなくて、普通の言語。要は外国語だ。おまえは文章を書くのが好きらしいな」

こっそり雑誌に投稿しているのを、父は透視しているのではないか、とおれは思わずうつむいた。

「いや、まあ」

「文章がうまい、下手に資格試験はないだろう？」

「え、あ、うん」

「そういう曖昧な世界で生きていくなら、手段を持っておいたほうがいいんだ。どんな大学のどんな学問をやるのもかまわんから、独学でもいい、語学はやっておけ」

「英語」

「まあ、英語は必須だな。ただ、多少できても、よほどのレベルじゃなければ特技とは認めてもらえん。大勢いるから埋もれてしまう」

「うん」

「これからの時代、きっと中国語だ」

「ニイハオ……」

それしか知らない。

「あるいは、アジアの他の言語。まあ、それは大学入ってからでかまわん。ビジネスで使えるくらい話せる語学が、一つ二つあれば、つぶしはきくから」

三年前のおれだったら、反抗的な目つきで、逆に意地でも中国語と英語は勉強しないと誓っただろう。

「うん、わかった」

今のおれは、もちろんそんな依怙地ではない。が、そのぶん、たちが悪くなっているかもしれない。とりあえずうなずいておく。さらさらと水に乗っていく流しそうめんを見送るように、アドバイスをやり過ごす。

圧倒的に得意なのは国語、それも現代文のみ。古文も漢文も、そして英語も、もちろんやってはいるしテストの点はそれなりに取れるけれど、テキストを予習しながらワクワクすることは皆無なのだった。

ちょうど、おれの皿は空になったので、立ちあがってまた唐揚げやピラフを取ってきた。戻ってきたら話題が変わっていた。よかった。

父は、今度は母と定期検診の話をしながら、温野菜をゆっくり食べ始めている。

来月が次の検診だ。その次が半年後の十一月で、そこでちょうど術後三年となる。その後は一年に一度でよくなるらしい。

「人間はすごいもんだな。胃を三分の二取っても、どうということはない」

言いながら父が、顔をしかめるのが見えた。

「しまったかな」

「あら、なにが」

母親が聞いている。

「背中のあたりが……。たぶんアスパラの皮が消化悪いんだ」

腕を後ろに回して背中のあたりを押しながら、父は鼻に皺を寄せている。しばらくすると、

「おさまった」

と言って、アスパラを端によけて、パプリカとブロッコリーを食べ始めた。

テーブルに微弱な振動が走る。おれのスマートフォンだった。メッセージの着信を告げている。

多朗から「マイルーム」経由で伝言が来ていると、画面のトップにインフォメーションが出ている。おれは「マイルーム」を起動した。


「六月の最後の週、修学旅行でそっち行くことになった」

お、中学卒業以来じゃんか。おれは、箸を放り出して急いで返信を書き込んだ。


「そっちって鎌倉？」

「鎌倉と横浜。あとディズニーランド」

「盛りだくさんだな」

「北海道からわざわざ行くんだぜ。全部盛りだよ。でさ、日中に自由時間あるらしいんだけど会えないよな？　平日の昼っておまえも学校だよな」

「横浜か鎌倉のホテルに泊まるんなら、夕方か夜に訪ねることできるかも」

「桜木町ってとこのホテルだってさ」

「そこなら学校から電車ですぐだからオッケー。つか今、桜木町にいるし」


「伊吹、食事中なんだから」

母にたしなめられて、おれはあわてて、スマホを閉じた。

父が笑う。

「食べられる幸せをちゃんと味わえよ。父さんみたいにな、ゆっくりゆっくり食べてるつもりでも、アスパラの皮が消化悪くて苦戦することもある。おまえはそういう苦労がないんだからな」

「あ、そういえば」

バッグから手帳を取り出しながら、母が上目遣いで父を見た。

「今度の検診、五月の第四週の水曜日よね。その日、どうしよう。ちょっと……時間にもよるんだけれど、わたし」

「どうした」

「町内会で、ＡＥＤの使い方研修やるのね。まずは自治会役員の間で」

「ああ、自治会か。すまん」

「進行役頼まれちゃって、うっかり引き受けたの。でもまだ今なら断れ――」

おれはナイフとフォークを投げ出した。

「あのさ、おれじゃだめかな?」

「何が? AEDに興味あるの? でも学校が――」

「そっちじゃなくて」

こんな大勢の客がいるところなら、怒鳴られることはない。その安心感がおれを後押ししてくれる。

「検診のほう。付き添い」

「おまえがか?」

父親が笑いだした。おれを、幼稚園に通っていた頃と大差ない目で見ているのが伝わってくる。中学生のときは腹が立って、真正面から不快感全開の直球を放り込んだ。でも、今は変化球の投げ方を知っている。

「『白い巨塔』っていう小説、読んでてさ」

「ほう、そうなのか。父さんもあの本は面白かったなぁ。読んだのはずいぶん昔だ。ドラマにもなったんだぞ」

「あの医者の世界の、ピラミッド型の社会。すごいなぁと思って。でかい病院の先生、リアルに見てみたいんだ」

「伊吹って面白い子ね。あれは小説で、本当の病院とは違うのよ」

口元を押さえて、母が笑っている。それがよかったみたいで、父がその発言をたしなめる方に向いた。

「いや、そうでもないぞ。けっこうリアルだと思うところはある。横浜星光はああいう大学病院とは違うんだがな。それでも先生は看護スタッフに対して、絶対的な力を持っている。つまり、先生の指示なく、痛み止めを出すことも注射をすることもない。あれだけの権力を持つと、小説の世界みたいに、欲にうごめく医者が出てくるというのもうなずける」

「能村先生は、そんな方じゃないわよ。言っとくけど」

母がおれに向かって指を振る。

「知ってる。会ったことある。丁寧に挨拶してくれる先生だった」

「ああ、入院してたころ見舞いに来てくれてたから知ってるよな?」

「うん、でもあの頃はまだ本、読んでなかったからさ。今見たら、病室やナースステーションも違って見えるかも」

これだけ力説しておきながら、自分でもあきれてしまうが、本当は違う理由で行きたいのだった。

父と母は、胃がんの診断が下ったとき、おれに事実と違うことを言った。ステージⅡAということを隠し、「ごく初期だからすぐに完治する」と笑顔さえ見せた。

だから検診にいつか立ち会いたいと思っていた。医者の声を直接聞いてみたい。伝聞ではなく。

「ようし、小説の舞台を見せてやるか」

父は、カリフラワーにフォークを突き刺しながらそう言った。

「あの病院に、財前五郎はいないわよ」

『白い巨塔』の主人公の名前を言って、母は笑った。もちろん、本を読んだということまで嘘ではない。図書室で借りて、最近読了したのだ。だから、おれも母に合わせて笑った。

*

五月も半ばになって、正門からの並木道に整列している銀杏の木が、初々しい黄緑の葉を伸ばし始めた。秋の黄葉の頃よりも美しいのではないかと思えるほどだ。

もっとも、おれが木々を見上げたのは、ほんの一瞬だった。今日はいろいろと忙しい文化祭初日だ。銀杏にかまっている場合ではない。

朝礼が終わって、各自が持ち場に散ったこの状況で、おれがいったん正門の外まで出ているのは、華道部の仕事のためだ。

門の外に、でっかいハンギングバスケットを飾るのが、うちの部活の伝統で、三年生たちみんなで制作するのだった。普段は和の花を活けるおれたちだが、ここではすべて洋花でこしらえる。

もっとも、八人全員で群がってやるのは大変なので、仕切っているのは女子の部長で、おれは作業の様子を撮影するカメラ係だった。

まわりには、九時半の開門と同時に入ろうと待っている保護者や近所の人たちが並んでいて、

「まあ、きれい」

「いいわねえ」

なんてほめてくれている。おれたちは、聞こえないふりをしながら、いちいち胸に刻んでいて、いつもより少し大きな声ではしゃぎながら、

「ここ数年で一番いいんじゃね？」

と、自己満足の言葉を発しながら、集合写真を撮った。

「よし、時間ぴったりだ」

九時半になると同時に、文化祭実行委員会のメンバーが「ようこそ恒陽祭へ」という旗をそれぞれ手に持ちながら、白いフェンスを左右に押し開ける。スーパーの夕方の大セールみたいだ。小走りになる人たちもいる。

「いらっしゃいませ～」

運動部の部員たちが呼び込みを始めて、一気に文化祭っぽくなってきた。入場した人たち

が、さっそく屋台に群がる。ここには運動部がそれぞれ伝統の屋台を出しているのだ。フライドポテトの油、バナナをコーティングするチョコレート、焼きそばのソース。いろんな香りが早くも混じり合う。

そんな列のなかで、バスケ部のアズキ色ののれんが、青空にひときわ映えてはためいている。

由貴が、いた。

おれは近づいた。

今日のスケジュールはお互い既に把握している。

彼女は今ホットドッグを温める作業をしていて、

「あ、それねえ、まだ焼けてないよ。こっちから取ってくれるかな」

と後輩に指示している。こんなときでも、口調がのんびりしている。おれが一メートルの距離に近づいても気づかないので、声をかけた。

「よ、修羅場?」

「あっ」

笑顔までいかないけれど、由貴の目が細くなって和やかな表情に変わった。

「朝御飯、食べた？　ごちそうしよっか」

実は家で朝食をたっぷり出されて腹いっぱいだったのだが、もちろんうなずいた。

「食いたい」

「あれぇ、先輩。ごちそうするなんて」

後輩女子が冷やかしてくる。

由貴が人前で、付き合っていることを――正確には将来付き合うことを――ほのめかすのは初めてだ。

「ケチャップとマスタードは？」

「両方お願いしまっす」

「はい、どうぞ」

「サンキュ。これから混みそうだな」

去年は二日間で二万五千人もの客が訪れた。

「んー、風が強いのが止んでくれたらなぁ。ヘタすると、紙が飛んで行っちゃいそうで」

ホットドッグを包む紙ナプキンには、厳重に重しが載せられていた。

「はい、こっちからも差し入れ」

オレンジジュースのペットボトルを渡すと、由貴は両手を合わせて、軽くお辞儀をしてきた。

「ありがと～。喉渇いてたの。なのに、ドリンク忘れちゃって」

「バスケの招待試合、一時からだよな」

「それがね、招待試合は急遽、中止になっちゃったの」

「え？　じゃあなんにもなし？」

「ううん、かわりに紅白戦。だから、わたしも出なくちゃいけない〜」

「おーし、見届けるよ。双眼鏡買いに行かなきゃ」

「いらないって」

由貴が笑ったのを確かめて、おれは、

「じゃあ後で」

と背を向けた。

「試合終わったら、そっちにも行くから。二年Cの教室だよね？」

声が追いかけてきたので、振り返った。

「うん」

華道部は、ハンギングバスケットのみならず、部員がそれぞれ作品を作って、二年C組の教室に展示している。二年生と一年生が主で、バスケットづくりが忙しかった三年生は、簡単なものをささっと活けているだけだ。でも、見栄えのいい花材を使わせてもらっているので、華道を知らない人が見ると、上級者っぽい作品に見えると思う。

　どちらにしろ由貴は、じょうずじょうずとほめてくれて、いっぱい写真を撮ってくれるのだろうけれど。

＊

体育館の観覧席は二階に百席ある。最前列を取りたくて、十五分前に行ったら、その前の男子バレー部の試合が終わって間もないところのようで、一年生が駆け足でモップがけをやっていた。

早めに来てよかった。既に最前列は一番端しか空いていない。次の女子バスケの試合を見るために、たくさんの人が陣取っている。選手の保護者らしき人たちも多いが、意外と一、二年の女子がずらりと並んでいる。「女の先輩がカッコイイ！」ときゃーきゃー騒ぐのは、女子高の生徒たちのイメージだったけれど、意外と共学校にもそういう集団はいるのだ。

由貴によれば、一番人気があるのは、キャプテンの水戸梓らしい。髪が短くてすらっと背が高くて、背後から見ると「こういう男っているよな」とも思える。

後ろから肩をぽんぽんと叩かれて、振り返ったら、

「こんちは」

ひょろっと背の高い男が立っている。紺色の長袖Tシャツに紺のチノパンで、オレンジのリュックが差し色になっている。カフェで会った聖慶のやつだった。あのとき二人いたが今日はひとりのようだ。手前に座っていた、胴も足も長い男。男子バレー部の撮影を頼まれたというのは本当だったみたいで、左手に小型のビデオカメラを持っている。

前回、愛想なく別れたことを微かに後悔していたおれは、意識的に笑みをこしらえた。

「どうも」

もうここまで来たら、華道部だということがバレてもかまわない気がした。むしろ、最後の力作をそのビデオカメラに収めてもらってもいい。

だが、そんな話題を持ち出す前に、きゃっ、と歓声が上がった。次々と選手たちが、鉄扉の向こうから出てきたのだ。それぞれボールを持って、軽くドリブルしながらシュート練習をしている。三年生が六人。最後に登場したのが由貴だった。赤いゼッケンで、背番号は「7」だ。

「あ、カノジョさん、バスケ部だったんだー」

胴長足長男が、フロアを指差している。

「うん、まあ」

「これから四十五分間しかないのに、一試合終わるんすかね。変則ルールでやるのかな」

おれはバスケのルールをちゃんと知らないことに気づいた。もっと、由貴に聞いておけばよかった。この男に聞くのもちょっといまいましくて、

「そうかも」

と曖昧に答えた。

由貴がドリブルシュートをしている。

「ナイッシュー！」

男が手を叩いている。たしかに由貴は、前におれが体育の授業をのぞきに行ったときとは違って、腰を低く落として、そつのないフォームで走っていた。いつまでも謙遜している由貴だけれど、三年生まで続けて、それなりにうまくなっているようだ。

もしかしてこいつは、バスケの試合をおれの隣でずっと見るつもりなのだろうか。いろいろ話しかけられたら集中できないし、由貴がもしシュートを決めても、あんまり派手に喜べないし、それにこいつが動画撮影したら、さらにイヤだし……。

頭の中であれこれ考えていたのが伝わったわけではないだろうが、

「じゃ」

と、男は手を振った。

「え？」

「これ、従兄弟のビデオなんすよー。試合終わったら、これごと即返すことになってて。バレー部の屋台の前で会うことになってるんす」

「ああ、そうなんだ。屋台の場所わかる？」

「中庭広場としか」

「あの階段、一階まで下りて、反対側をくるって向くと出口があるから。そこ出るともう広場の端っこで。屋台がいっぱい並んでるなかの、ホットドッグ屋の隣にある三色だんごの店がバレー部の屋台」

「おお〜、親切にありがとございます。すげーわかりやすくて助かる」

そんなにわかりやすいとは思わないが、聖慶のやつは聞き取り能力が高いんだろう。

「じゃ、またあのカフェで」

足長男は階段のほうへ歩き出した。

手を振って、フロアに目を戻した。コートのこちら側で白、向こう側に赤のゼッケンをつけた選手たちが、シュートを繰り返し、一年生がそれを拾っては先輩に投げ返している。由貴は赤い選手の輪に入ることなく、ジャージの上下を着たマネージャーと思しき女子に何か尋ねている。その子が走り出して、扉の向こうへ消えたときだった。

由貴がボールを取り落とした。両腕がだらんと下がって、足元がふらついている。

あ、あぶない。

声を上げる間もなかった。彼女は仰向けに崩れ落ち、後頭部を激しく打ちつけた。

「え、え、何？　どうした？」

「大丈夫？」

そばにいた赤いゼッケンのメンバーが駆け寄り、由貴に覆いかぶさるようにして体を揺する。数秒遅れて、白いゼッケンの子たちが駆け寄る。

何が起きてるんだ。

おれは茫然と見つめていた。

「カレ氏さん、行かないと！」

斜め後ろから声をかけられ、おれはハッとそちらを見た。行きかけた足長男が戻ってきたのだった。

フロアに目を戻すと、誰かが由貴を抱え上げようとして、しかし意識が戻らないのでおんぶすることもできず、

「担架、担架！」

と声を上げている。

「今の頭の打ち方、ちょっと危ないっすよ。なんで倒れたんすか。貧血すかね。それか低血糖かもしれないなぁ」

何も答えられない。由貴のことをよく知らないんだろうおまえは。そう責められている気がしてしまう。

「ちょっと行ってくる」

「おれ、ここで待ってるっすね！」

彼に教えたのとは逆側の階段を使って、フロアまで降りた。この先の通路が部室や更衣室につながっているので、担架は必ずここを通るはずだ。

「この通路には入らないでください。部外者は」

きつい声で、バスケ部の一年生が両手を横に広げる。

「部外者って、三年だけど」

この制服が見えないのかと、胸元の校章を突き付けるように一歩前へ出て抗議したが、興奮している彼女は顔を赤くして、首をひたすら横に振る。

そのすぐそばに立て札があった。「運動部部員以外は本日立ち入りを禁止します。差しいれや面会の申し込みは、体育館正面側の受付に申し出てください」と書かれていた。

そのとき、顧問の菅先生が担架を抱えてフロアへ飛び込んで行った。そして一分ほどたって、今度は集団が戻ってきた。もちろん中心には、担架に乗せられた由貴がいる。顔が白を通り越して、灰色と水色を混ぜたような色になっている。

生きているのか？　そこから問いかけたくなるほどだったが、幸い、彼女が呼吸しているのだけはすぐに見て取れた。胸がかすかに上下している。

「はい、みんな落ち着いて。普通に行こう。彼女のことはわたしに任せて。キャプテン、紅白戦を予定通りやって。由貴の様子はまた知らせるから」

おれも部室まで行かせてもらえませんか。カレ氏なんです。

口に出せなかった。

由貴。大丈夫。おれがそばにいるから。

そんな言葉を発することもできなかった。額にも頬にも冷や汗のようなものを浮かべている彼女が、朦朧としながらでも「伊吹」と呼んでくれたら、おれが伊吹だよ！　とみんなを押しのけてそばまで行けるのだが。部員たち公認のカップルだったら、「あ、伊吹くんもいいよ」と誰かが招き寄せてくれるはずなのだが。

受験が終わったら、付き合いたい。

そんな生ぬるい約束をした自分は、いったいなんなのだろう。

聖慶のあいつが待っている。けれど、階段を上っていけない。あの男が思っている「カレ氏さん」と実際の自分は違いすぎる。

そのまま、禁止されていない通路を経て、表に出た。校舎に入って、二年Ｃ組の教室へ行く。華道展は、そこそこ盛況だった。受験生の中三女子のほか、保護者の人たちも多くて、なかには実際に華道をやっている人が、活け方の手法を細かく言い当てている。

「あ、センパーイ」

一年生の案内係がこっちに向かって手を振ってから、年配の女性二人組に、花の説明を始めた。

漂ってくる香りが、少しだけ落ち着かせてくれた。

誰だって、立ちくらみを起こして倒れることくらいある。特に女子は、体調不良のこともあるだろうし。

フロアで派手に倒れたから、見ているこっちもビックリしてしまったが、もしかしたら今頃保健室ですっかり回復して、フロアに戻ったかもしれない。

そう考えると、退散してしまった自分はあきらめが早すぎたように思える。

案内係の担当の時間まではまだ余裕がある。保健室をいったん覗いてから、フロアに戻ってみよう。

校舎の二階から一階に降りて、事務室の隣の保健室の前まで行った。扉は閉まっていて、ノックしづらい。どうしようか、数十秒立ったまま思案していると、幸い保健の先生が出てきた。

「あら、どうかした？　段ボールで指切った？」

あてずっぽうで聞いてくる。そういうケガの人が多いのかもしれない。

「いや、あの、バスケ部の――」

先生はうなずいて、言葉を被せてきた。

「フロアで倒れた三年生ね。救急車で搬送されてね」

「え！」

おれは自分自身が崩れ落ちそうな錯覚を感じて、両足でしっかり踏ん張った。

「でも、サイレンの音、聞こえなかったけど」

何を確認したいのか、自分でもわからない。救急車が来たことを、おれはどうしても認めたくないのかもしれなかった。

「音を消してきてもらったの。文化祭が騒然としちゃうからね」

「あぁ……」

「意識が戻ったのかなと思ったら、なんか混濁しているような、ね。バスケ部の子？」

「あ、おれはクラスメイトで」

「様子、おかしいことなかった？　日頃から」

逆に取材されて、おれは首を横に振った。

「ないです」

「そう……。保健室にも一度も来たことない子だし」

白衣のポケットが振動し始めた。携帯電話を取り出して、先生はしゃべりだした。

「あ、着きました？　病院。どうですか。彼女の様子は」

おれは、相手の声が聞こえないか、懸命に耳を澄ましたが、ひっきりなしにひびく校内放送がその邪魔をする。

「ああ、低血糖。なるほど、そうですか。わかりました。ご連絡ありがとうございます。どちらですか？　病院は。ああ、横浜星光。みなとみらいの。はいはい」

病院名ゲット！

こんな状況なのに、テンションが上がりかけてしまうのは、とても聞き慣れた名前だからだ。父が手術した後、おれは何度も見舞いに通った。

「血液の異常？　いえいえいえ、どうでしょう。あったら、再検査マークつきますしね。彼女の過去の健康診断のデータ、用意しておきます」

電話を切った先生は、中途半端に開けていた保健室の扉を閉めて、小走りに教員室へ向かった。おれとの会話が途中だったことは忘れてしまったのか、あれで会話は終わりだと思ったのか……。でもいい。病院名がわかったのだから。

頭のなかを低血糖という言葉がぐるぐる回り出した。足長男も同じことを言った。なんだろう。おれは、スマホで検索を始めた。糖尿病の症状に多い、ということだけはわかった。糖尿病って、生活習慣病でおじさんやおばさんがかかるものじゃないの？　よくわからないまま、電池の残量が危うくなるまでおれは検索を繰り返し、案内係の担当時間に五分遅れて、下級生にやんわり苦情を言われた。

＊

「そんなに病院がめずらしいか？　来たことあるだろう」

父が横で貧乏揺すりをしながら笑った。おれたちはベンチに並んで座って、検査の受付を待っていた。これから採血、採尿のほか、CT検査もやる。

父には貧乏揺すりをする癖はなかったと思う。平静を装って、軽やかに笑っているが、やはり緊張しているのだろう。

雑談などして気を紛らわせてあげられたらいいのだが、さっきからおれは、父の指摘通りきょろきょろとあたりを見回していた。

由貴の居場所を突き止められないか、と思っていたのだ。

文化祭のあの日から昨日で三日たったが、彼女は登校してこなかった。まだ入院したままだ、という説がある。

メールを送ってみたけれど、返事がこない。

もしかして、その体力すらないのかもしれない。せめてマイルームで「友達」になっておけばよかった。おれは、彼女のマイルームの履歴を覗いた過去を封印するために、「登録したけど、ほとんどログインしてないから」と体裁を取り繕ってしまったのだ。どうせ学校に行けば毎日会えるんだから、と。

なぜ、「もしも」をまったく想定していなかったのか、と自分の頬骨を自分でガツンと殴りたくなる。

もしも地震が起こったら、もしも不慮の事故が起きたら、もしも学校に通えなくなるようなトラブルが発生したら——。もしもなんて、いくらでもあり得るのに。

「狩野さん。お待たせしました。こちらにいらしてください」

父が呼ばれた。

「だいたい一時間てとこかな。ＣＴは造影剤をまず入れて、ってな。けっこう面倒なんだ」

「わかった。ちょいうろうろするかもだけど、ここで待ってるよ」

「よろしくな」

父はくちびるを、ウニッと左右に広げた。それは無理やり作った笑みのような、自分を鼓舞する決意表明のような、普段見たことのない表情だった。

「頑張って」

その言葉に、どうも力がこもっていない気がして、おれは繰り返した。

「頑張って」

今度はちゃんと届いたみたいで、

「おう」

と言いながら、父は右手をこちらに伸ばしてきた。ハイタッチ。今までやったことはない。母が付き添いのとき、いつもこの儀式をしていたのだろうか。

父が検査室の向こうへ消えたのを確認して、おれはベンチから立ち上がった。

そして、まずは病院の総合受付に戻って、案内板をチェックした。

内科といっても、いくつもあるようだ。消化器内科、神経内科、呼吸器内科、循環器内科、内分泌糖尿病内科などに分かれている。

父は消化器内科だ。

そもそも、由貴は何の病気で入院しているのだろう。「低血糖」をヒントにあれからさらに何度も調べた。「低血糖症」は存在するのだけれど、それそのものが病名ではなくて、別の病気が原因で起こるもののようなのだ。そして、もっとも可能性があるのは、糖尿病だ。まったく納得がいかない。ただ、念のためその症状を調べてみたら、「喉が異常に渇く」「トイレが近い」があった。これって、もしかして——。

一方で、病気ではなく頭を打ったことでくわしく検査をしている最中ではないのか、という気もしてくる。それならば外科だろうか。外科もいろいろ分かれているが、脳外科なのか？

結局、どこへ行けばいいのかわからない。

だいたいおれは、病棟へ入るためのビジターバッジを持っていなかった。今日の父は外来患者だから。受付で、訪問する病室と入院患者の名前を書きこまないと、バッジをもらうことはできないのだ。

東谷由貴さんという人がいると思うのだけど、どこの科にいますか？

そう聞いたら答えてもらえるのか。でも、受付は混雑している。そもそも、個人情報保護で、教えてもらえないのではないだろうか。

そのとき、目の端に何か「知っている」ものがちらっと映った。今立っているのは総合受付の案内板の前だが、そこから右奥に当たる通路を歩いてくるのは、由貴ではないか。

白いニットに、水色のフレアスカートを着ていて、髪の毛は後ろに長く垂らしている。顔色は決して悪くなくて、病人にはちっとも見えない。

そばに付き添っているのは初めて見る人だが、お母さんに違いなかった。目元や顔の輪郭がそっくりだ。

どうやら退院が決まったみたいで、ふたりとも手さげのバッグを持っている。タオルらしきものが、入りきらずにちょっぴりはみ出ている。

「あの」

おれは一歩踏み出しかけて、でもそれ以上なぜだか進めなかった。何か違和感を覚えたのだ。

その正体にすぐ気づいた。ふたりとも、退院するというのに、まったくうれしそうな表情には見えなかった。

由貴の視線は前方の床に向けられていた。くちびるをぎゅっと噛んでいるみたいで、いつもと口元の形が違う。小学生の頃、どこかで人形展を見た。青白い陶器に描かれた女の子の冴えない表情。あれとそっくりだ、と不意に思った。

ふと彼女が顔を上げた。どうやらおれの視線を感じたらしい。こちらに目を向けてきた。

ついに確実に視線が合った。

由貴の目が丸くなって、びっくりした表情を見せる。

「あの、おれ」

そちらのほうに向かって二、三歩進んだけれど、また立ち止まってしまった。

彼女が目を逸らしたからだ。

そのまま歩いてきて、おれからわずか五メートルの距離まで来たけれど、由貴はまったくこちらを見る気配がなかった。

完全無視。

正面玄関を出て、タクシーに乗り込んでしまった。後から乗ったお母さんが隣に座ると、車は勢いよく発車した。

どうなってんだよ。

頭の芯が熱くなる。

消化器内科まで戻った。

ぼんやり座っていると、父が近づいてきた。

「疲れた？」

会話する気分ではなかったけれど、無理をしてそう尋ねてみた。

「まあ、いつものことだ」

そう言って、父はまた貧乏揺すりを始める。同じベンチに座っているから、その小さな振動が伝わってくる。

「初めてＣＴやるときは大ごとだったけどな。造影剤の副作用でショック症状を起こす人が、少数だけどいるらしくてな。まずテストしてみたり、母さんが念書にサインさせられたり」

「念書？」

「こういうリスクがあることを承知します、っていうやつだよ」

「あぁ」

「まあ、そんなのにも、すっかり慣れた」

言葉が、おれの頭からするっとこぼれ落ちていきそうになる。そうなんだ、よかったね、などと、ひどい相槌を打ってしまわないように、おれは由貴の幻影を頭から強引に引きはがそうとした。が、こちらをちらっと見た後、無視して歩いていったあの姿は消えてくれない。

「検査結果を聞くのは、もう慣れた？」

こんな質問をして、なんの意味がある。自分だけでなく、父もそう思っているはずだ。ただ、待ち時間を埋めるためだけに会話する。

「まあな。手術から半年たった最初の検診は、さすがに緊張したけどな」

その緊張がいまだに続いているから、貧乏揺すりが出るのではないかと思う。

「狩野さん、三番の診察室へお入りください」

アナウンスが流れる。

父とおれは同時に立ち上がって、診察室へ向かった。

風早先生は、父の執刀医の能村先生が東京の系列病院へ異動した後、ここに移ってきた。

父よりは年上だろうけれど、そんなに年輩ではない。毛量が多すぎて、後ろにまとめてなでつけて、なんとか押さえている。寝起きは頭が爆発状態かもしれない、とおれはおかしくなって、笑いを堪えた。自分も緊張しているのだろうと思う。張りつめた気持ちのとき、くだらないことでもかえって面白くなってしまうときがある。

「今日は、暑いですよねえ。まだ五月だっていうのに。そんななかお疲れさまでした」

「ああ、暑かったですか。あんまり気にしてなかったです」

父が抑揚のない棒読み調子で返事をする。雑談はいらないから、早く結果を言ってくれ。そんな声なき主張が、伝わってくる。

先生にも届いたのか、彼はパソコンの画面を操作し始めた。

「実は……ちょっと前回までとは違って、気になることがありまして。これ、ＣＴ画像なんですが」

白と黒が、画面のなかでうねっている。どの部分がどうなっているのかよくわからない。

「ここ。これ、背中側のリンパ節なんですね。ここに白い塊が見えます」

「え、わかんない」

おれは身を乗り出して、大きな画面に顔を近づけた。父さんも同じように、距離を縮めている。

「ここです。ここが胃で、この部分」

「白い塊というのは」

父が尋ねる。声がいつもより低い。

「リンパ節への転移が起きている可能性はあります。これだけではよくわからないので、再検査が必要です。まずＭＲＩやりましょう。遠隔転移も起きていないか、再度詳細を確認する必要もあるので」

「再発、ということですか」

「その可能性もあるということですね」

先生の言い方は慎重だ。

「それは……いつの間にかステージが進んでいた、って意味なんでしょうか」

「まだなんとも。ただ、えーと、気になる痛みなどは特に出ていないんですよね？」

おれと父は顔を見合わせた。

痛みが出ていたら……まずいのか？

アスパラガスの皮が固かったときのことを思い出していた。

＊

小学生の頃、お父さんとゲームをやりました。自分がクリアできないステージをお父さんがさっさと終えて先に進んでいくのがくやしくて、でもお父さんの頭のよさとテクニックがすごいと思いました。今となっては、懐かしい想い出です。

今日、お父さんががんの検査に引っかかりました。再発の可能性が高いそうです。ステージⅡから、いつの間にかステージⅢになっているのかもしれません。これから再検査です。お父さん、もうステージクリア、頑張らなくていいから。なんとかここで踏みとどまってほしい。

僕は、お父さんがこれ以上前へ行けないような、進行を阻止できるミラクル技をなんとか見つけ出したいと思います。


（たそがれの少年　18歳）

＊

水曜日に退院したのに、結局、その週、由貴は学校へ姿を見せなかった。もしかして、別の病院へ移ったのか。さすがにおれはもう待てない、待ってはいけないと思った。

メールを送ろう。土曜日の夜、そう決めた。その文面をこしらえるのに、おれは文字を足したり減らしたり、がちゃがちゃ悩んで、二時間かかった。

「ユッキー
心配しています。どうしてる？　この間、横浜星光病院に親父の付き添いで行ったら、ユッキーっぽい人を見かけた気がしたんだけど、かんちがいかな？」

返事が来たのは日曜日の夜だった。

「明日、学校に行きます。放課後、どこかで会える？ 屋上がいいかな」

それだけだった。

会いたいと書いてくれているにもかかわらず、この短い文面からおれが感じ取ったのは、冷ややかさだった。

前にテレビで見たことのある、南極大陸の特集を思い出した。ペンギンの群れが集う氷の海ではなくて、取材の人たちが南極へ出発する前に立ち寄った、パタゴニアという場所。その草原は果てしなく広くて、強い風がひっきりなしに吹いていて、見ているだけで胸がギュッと縮むようなそんな冷たさを感じた。このメールにも、なぜだか同じ風が吹きわたっている気がする。

ふたりきりになれる場所は、たくさんある。予備校、その近くのおなじみのカフェ、帰りの横須賀線、鎌倉駅周辺、江ノ電。なのに、彼女が選んだのは屋上だった。一緒に行ったこと、一度もないではないか。そこに、他人行儀な態度を見出してしまう。

それに、本当はちょっとだけ期待していた。由貴のほうからも「お父さん、病院っていつもの検査？　大丈夫だった？」というような、いたわりの言葉があるのではないかと。

そうしたら、ここ数日の父の様子を書き送ろうと思ったのだ。

白い影があるから再検査になったこと。親父はいつもとまったく変わりない様子で、翌日も元気に会社へ行ったこと。食も細くなっていないから、何かたまたま白く見えただけなのではないかと想像してること――。

いつもの由貴ならきっと「うん、ランチバイキングでもりもり食べる人が、再発なんてしてるわけないよ」と、後押ししてくれただろう。でも、このメールでは完全にスルーされてしまった。

風呂に入ってぼうっと浸かって出てきたら、少しはマシな考えが浮かんだ。由貴は転倒した後遺症で、手がしびれているのかもしれない。だから文字をたくさん入力するのがつらくて、最小限の言葉にしたのだ。会ったとき、いつもどおりの会話ができるはず。こっちが由貴を心配し、由貴が父を心配してくれる。

そんな会話を二度三度シミュレーションしてから、おれは満足して参考書に向かった。思ったより集中できた。

*

一週間空席だった窓際の前から三列目に、由貴はぽんと鞄を置いた。

「由貴、久しぶりだね」

「どうしてたの、もう平気なの？」

群がってきた女子たちに、彼女はにーっと笑ってみせた。

「わたしねえ、とんでもないことになっちゃったのよぅ」

おれは、教室の中央に位置する自分の席に腰掛けたまま、その様子を見守っていた。正確には、彼女の目の動きを見守っていた。こちらに向かって、うなずいてくれないかと。軽い目配せだけでもいい。なのに、一度も見てくれなかった。

「とんでもないって、ナニナニナニ？」

「どうかしたの？」

そんな声に向かって、彼女は答えた。

「病気なんだって」

「え」

「マジで」

「心配しなくていいよ、うつる病気じゃないから」

「なんの病気？」

「１型糖尿病」

「と、糖尿？　うちのおじいちゃんそうだけど、あれって太った人がなるんじゃないの？」

「由貴みたいなやせてる子が？」

おれが聞きたいことを、かわりにみんな尋ねてくれている。

イチガタ、トウニョウビョウ。

頭のなかに、何かの呪文のように繰り返しひびき渡る。イチガタ、が何を意味するのかわからないけれど、糖尿病はもちろんわかる。まさかそうだったのか。やっぱり低血糖はその症状だったんだ。もっと調べておけばよかった。どのくらい生活に支障をきたすんだっけ。沸き立つ泡のように、頭にいろんな感想が浮かんできて、収拾がつかなくなる。

「どんなもの食べたとか関係なくって、突然中学生や高校生が十代で糖尿病になるパターンってあるんだって」

由貴の口調は、ぱりぱりのおせんべいみたいに、メリハリが利いていて、いつもの彼女のしゃべり方とまったく違った。こういうふうに説明しよう、と前もって決めてきたような。

「じゃあ、食べる物の制限とかあるの？　甘いものは」

「甘いものは敵」

「わーん、哀しいよう。もう一緒にクレープ屋さん行けないってこと？」

よく彼女と行動を共にしている、バレー部の女子が両手の指を目の下に当てて、泣く真似をしている。

「行けなくは……ないのかも？」

「え！」

鞄のなかに手を入れて、由貴は小さなポーチを取り出した。

「これ！」

「え？　注射器」

「インシュリンっていうのが、足りないの。わたしは」

「それを注射しないといけないってこと？」

「うん、逆に言うと、入れると大丈夫。いや、百パーセント大丈夫っていうのとは違うんだけど、少しは甘いものや炭水化物、オッケーになる」

「炭水化物」

「ご飯とかパスタとかパンとか」

「げ……そういうのがまずいって、食生活いろいろアウトだね」

そう言ってしまった子は、そのアウトという言葉を反省してか、うつむいて黙りこんだ。

「いつまで治療するの」

「痛くないの？」

他の女子たちから矢継ぎ早に質問が飛ぶ。

「痛くないことはないよ。注射だから。で、治療っていうか、インシュリンの注射はね……

一生続く」

「きゃー、まじ」

「すごい大変だ」

「由貴、応援する」

女子たちが一際大声を上げながら、由貴の肩を抱きしめたり、髪の毛をなでたりしている。

今この教室に先生が入ってきたら、ただ、かしましい女子たち、と思うかもしれない。でもおれには伝わってくる。

みんな、本当は引いている。

え……なにそれ。由貴、ちょっと大変すぎない？　そんな言葉を発しないよう、全力でテンションを上げている。

だから、チャイムが鳴った瞬間、女子たちはもちろん由貴本人もどこかホッとした顔をして、着席した。

その日、すべての授業と休み時間において、彼女は一度もおれと目を合わせてくれなかった。そこに意図があるのかどうか判断つかなくて、こちらからは話しかけなかった。

終礼が終わると同時に、バッグを教室に残したまま階段を駆け上がって屋上へ行った。

屋上には、誰もいなかった。入口から目につきやすいところで、夕日が真正面にあたる場所まで行った。授業中にやろうと思って結局できなかったことをやる。フェンスにもたれながら、スマホを起動した。

「1型糖尿病」の検索。

既に糖尿病のことは、一度は検索済みだったけれど、うかつにも1型と2型があるのを見逃していた。

しかも、糖尿病への認識もまだまだ浅かった。これまでは、「太った人や甘いものが好きな人は糖尿病になる可能性がある」と、漠然と思っていたけれど、ネットの情報をよく読みこむと違った。

もともと体のなかでインシュリンを作りだす力の弱い人がいる。具体的には膵臓の機能が不十分で、そういう人たちが糖尿病になりやすいのだ。太った人や甘いものが好きな人が誰でもそうなるわけでもないし、太っていなくても甘いものがそれほど好きじゃなくても、インシュリンを作る能力が低い人は、この病気になりやすい。

そして、いずれにしろこれは2型の話だった。

由貴が診断された1型というのは、甘いものを摂取しようがしまいが、発症には関係がないようだった。原因は、完全には解明されていないのだが、何かのウイルスが侵入して、自己免疫機能が故障して、そのせいでインシュリンを作る力が完全停止してしまう――。そういうことらしかった。

扉がギーッと重い音を立てて開いた。

「ユッキー」

おれは、スマホをポケットにしまった。

「お待たせ。ちょっと先生のところに呼ばれてて」

「うん」

「お酒飲んだおじさんみたいになってるよ、ほっぺた」

「え」

おれは顔を押さえた。

「違う、夕日が当たって、顔が真っ赤ってこと」

由貴がわずかに口角を上げた。彼女の、笑みに限りなく近い表情。でも、普段の「微笑み」じゃなくて「嘲笑」の方に寄っている表情に見えた。

おれのことを、冗談でも「おじさん」などと呼んだことは一度もない。なぜか、意識的におれに嫌われたがっているように思える。

「大変だったね」

「病名、言ってたの聞いたよね？」

「1型糖尿病」

「そう」

彼女はおれのほうではなく、フェンスを摑んで夕日に身体を向けた。

「朝、クラスみんなの前で話したのって、あれ、わざとなんだ。最初に言っとこうって決めたの。じゃないと、注射打ってるの見られたら、『ヤクやってるー』って、からかわれそうじゃない？　本当に妙な噂が立ったら困るし」

彼女が、朝と同じような口調でしゃべっているのが気になる。テキパキ、テキパキと。丸暗記した文章を一気に読み上げるようなトーン。

「あ、用事あるよね？　手短に話さなきゃ」

「ユッキーのほうが、もしかして時間に追われてる？　別に今度、塾行くときにゆっくり話すんでも、おれはいいけど」

「あ、そのことだけど」

「ん？」

「塾、やめたから」

「え」

「正直、そんな余裕ない。今はこの生活に慣れるのに、精一杯。受験は、どこでもいいから推薦取れたらそれでいいし、取れなくても、どっか適当に入れそうなとこ」

「そうか。顔色は、今日はいいように見えるんだけどな」

「顔色いいのに、病気のこと、神経質になりすぎてんじゃないか、ってこと？」

「いや……そうじゃないんだけど」

ちょぴっと当たっているかもしれない。インシュリンの注射とやらは、大変かもしれないけれど、少しずつ日常に戻れる。そうしたら、おれは可能な限り由貴をケアする。そう思っていた。

「インシュリンの注射、打てないと死んじゃうんだよ？」

「え……」

「もう注射打たないとダメってときに、たとえばバッグ盗まれて、キットがなくなったら。すぐ駆け込める病院があったらいいけど、なかったら？　もし大地震が起きたら？　同じ病気の人が、この恐怖をどうやって克服しているんだろう、って思う」

おれは、返事をしようと言葉を探したけれど、適当な相槌さえ思いつかなかった。

「打ち方だって、難しい。注射を打つのは、ご飯を食べる前。打ってから、先生に呼ばれたとするよね。ご飯を食べるのが三十分遅くなりました。そうすると、もうヤバいわけ」

ヤバい、という言葉を、由貴が発するのを聞くのは初めてだった。

「うまく、コントロールできないとまた倒れちゃう。できれば、ご飯は全部おうちで食べたい。そしたら、倒れてもどうにかなるから。学校のお弁当はそうはいかないから仕方ないけど、でも、塾が始まる前に小腹がすいたからなんか食べるとか、甘いジュース飲むとか、そういうのも……」

「甘いジュース。そういえば由貴、よく飲んでたな……」

彼女は目を伏せながら答えた。

「糖尿病が進むと、喉が渇いて、御手洗いが近くなる。病院で血液検査したら、先生が卒倒しかかってた。よくこの数字で、今まで普通に生活できてましたね、って」

「じゃあ、ずいぶん前から」

「そう。とっくに発症してたみたい」

「そっか……」

「ねえ、覚えてる？」

「ん？」

「昔、キミが『セミ爆弾』って言った日のこと」

「ベランダに、死にかけのセミが」

「そう。死ぬの怖いって話、したよね」

「うん」

不意に由貴は額のあたりに手をかざして、顔をしかめた。

「夕日、まぶしすぎる。あっち行こ」

屋上を横切って、反対側へ向かう彼女から三メートルくらい離れて、おれはついていく。

こちらからは、みなとみらいのビル群が遠くに見えた。もっとも手前のタワーマンションが、景観の大部分を遮ってしまっているけれど。

「あの頃のわたしって、短絡的だった」

「短絡的？」

「元気に生きてる先に、ぽこっと『死』が存在してるイメージ」

「ああ……」

「本当は、その手前に病気があるんだよね。事故の人もいるけど、たいていの人はなんかの病気になって、何か月か、それとも何年か……その病気と付き合って。わたしの場合は何十年になるかもだけど。ううん、そうじゃない」

口を開きかけたおれを手で押しとどめて、由貴は続ける。

「わたしはうまく、ちゃんと付き合っていけたら、ぜーんぜん違う病気で死ぬかもしれない。そのくらい、ちゃんと万全の対策あるし、怖がることないんだ、ってみんな言う」

「いや……そんな簡単に言えないって、おれはわかるよ」

「みんな」と「おれ」は違うんだ、ということを伝えたかっただけだった。けれど、納豆と刻んだオクラを混ぜて混ぜて混ぜたような粘り気で、由貴は絡んでくる。

「わかる？　わかるのかな」

「できれば、おれが代われたらって、マジで思う」

嘘じゃない。まわりに病気の人たちがいて、おれ自身は健康で、病院に行く必要はまったくなくて、それがもどかしかった。おれが代われたらいいのに。

「雑誌に投稿してる人に思えない」

「え」

「発言があまりにありがちで」

夏至が近い今、五時を過ぎても太陽はまだまだ沈む気配がない。グラウンドでは、陸上部の部員たちが長い列を作って走っている。

「『わたしが代わってあげられたら』って何度言われたかな。親にも親戚にも」

「軽く言ったつもりはないんだ」

由貴が目を細めて、ついでに鼻に細い皺も寄せて、おれを見る。

「本当にそう思ったんだよ。父親の病気があって、ユッキーの病気があって、なんで自分は健康で周りは大変なんだろうって」

「そのことなら、なんの心配もいらないと思うよ？」

「え」

「時間の問題なんだよ。長く健康でいても、長く病気でいても、結局いつかは同じ」

いつかは死ぬ。

それだけは平等だ。

由貴が言葉にしなかった部分が、由貴の声でおれの頭に届いた。

「支えられたらって思う」

「もしかして、まだ恋愛モードで話してる？」

「え」

「それどころじゃないから」

「何が」

「わたし、それどころじゃないから。今、将来のカレ氏とかいらない。そんな余裕ない」

「余裕ないときに支えるのが本当の――」

最後まで言わせてもらえなかった。

「ウザい」

「え……」

「あのとき、付き合うことにしてたら、今は何でも相談できる大切な人なのかもしれない。けど、中途半端だった」

由貴ってこんなに早くしゃべることができたんだ。驚くくらいのスピードで、言葉を繰り出す。

「あの状態がずーっと続くって仮定したうえでの、なんの保証もない未来で。今となっては無意味なの。わたしにとっては」

「ユッキー」

「ねえ、糖尿病は、炭水化物の取り方、気をつけなきゃいけないって知ってる？」

「うん」

「じゃあ、小豆とインゲンマメとソラマメと大豆。一番炭水化物が少ないのは？」

ソラマメだろうか。

「いや……わからない」

「大豆」

「知らなかった」

「わたしだって知らなかった。ちょっと前までどうでもいいことだった。けど、今は自分の命をつなぐ大切な知識なの」

「うん」

「そういうことで頭がいっぱいで、覚えなきゃいけないこと、試さなきゃいけないこと、ガマンしなきゃいけないこと、いっぱいで」

「うん」

「だから、それどころじゃない」

ああ、そうか。おれは今頃ようやく理解していた。

ふたりは別れるのだ。

そんな物語を、本でもテレビでもいくつも見てきたはずなのに。

「とんでもない相手でごめんね。もっと普通の子だったらよかったのにね」

「ううん」

「でも、『週刊潮騒』でネタにできるからいいよね？」

由貴の目はぎらぎらと輝いていた。

「書かない。書くわけない」

最後にもっと何か言いたい。そう思いながらも、おれの頭が拾い集めてくる単語は支離滅裂で、何も言えなかった。

由貴が消えてから三十分後、夕日がビルの向こうに沈んでいった。グラウンドを見下ろすと、ナイターの照明がついていて、野球部がノックをやっていた。

確実に彼女が帰ってから、電車に乗りたかった。横須賀線も、江ノ電も同じ。これから卒業までずっと、鉢合わせしないように気をつけないといけないのだろうか。

*

ホテルのロビーは、ビジネスマンとラフなデニムとTシャツの高校生が行き交っている。

おれは、ソファのクッションがやわらかすぎることに居心地の悪さを感じながら、座って待っていた。

「よう」

背後から肩を叩いてきたのは、多朗だった。

「おまえ、でかくなってね？」

多朗がそう言うから、思わずおれも返してしまう。

「おまえ、ちっちゃくなってね？」

「ひっでーな。中学んときから変わんねーよ。つか、ほんと身長、中三から一センチしか伸びてねえ」

あの頃、学年で一、二番を争う背の高さだった多朗は、おれより「やや高い」程度になっていた。その差は五センチくらいか。もっとも、横幅はますますがっしりしていて、もし初対面だったら「レスリングのチャンピオンだよ」と言われても信じてしまったかもしれなかった。

「三年ぶり、正確には二年と三か月ぶりか。これおみやげ」

多朗が紙袋を差し出してくる。有名なおかきの店のお菓子だ。

「ごめん……おれ、おみやげ忘れた」

うなだれると、多朗は、

「なーに、言ってんだよ。横浜っていったら、こないだまでおれにとっては準・地元だよ。みやげなんていらねーっつの」

「おーい、多朗。昔の女とデートか」

通りすがりの男子が、タオルで丸刈りの頭の汗をごしごし拭きながら、にかっと笑う。

「おまえ、こいつ男だろーが。見えねえのか」

「訂正。昔の男とデートか」

「先生には言うなよ」

にひひ、と多朗は笑って、エントランスを指差した。

「ちょっと散歩行こうぜえ」

「出歩いていいのかよ」

「夕飯、七時なんだ。まだ三十五分ある」

「いいけど」

桜木町駅前から、汽車道と呼ばれる遊歩道を歩く。ライトアップされたビルが、そのままの姿で水面に映り、だから二倍明るい。

灯りをたくさんともした観光船が、水路を進んでいく。

「今日はどこ観てきたんだよ」

「ディズニーランド。そんで、バスでこのホテル来たってわけ」

「じゃあ明日は?」

「鎌倉自由行動。自由つっても、グループ行動だけどな」

「ふーん」

「おれらのグループは、鶴岡八幡宮の後、長谷寺、鎌倉大仏」

「めっちゃ地元じゃねーか」

「そう」

「家には寄らないのかよ」

多朗のお母さんは、前と変わらずスナックをやっているはずだ。夜、そのあたりを歩いていて、店の看板にライトがともっていたのを見たことがある。

「ここは、ヤローふたりで歩くところじゃないな」

明らかに多朗は話題を変えた。しかたなく、おれは調子を合わせた。

「悪かったな、おれがカノジョを連れてこれなくて」

事前に、多朗が「マイルーム」経由で言ってきたのだ。付き合ってるカノジョがいるなら、待ち合わせに連れてこいよ、会わせろよ、と。

迷った末、おれは由貴とのことをかいつまんで書いた。


「由貴と、受験が終わったらちゃんと付き合う約束をして、でも由貴が体調を崩して『それどころじゃない』と言って、別れることになった。付き合ってないのに、別れた」

かいつまみすぎか、と思ったけれど、多朗からそれ以上のツッコミはなかった。

どうやら今日、徹底的に聞くつもりだったらしい。

「なんだよ、体調崩したって。要するにそれ、口実でおまえ、フラレたってことか？」

「そんなんじゃない」

反発しながらも、首をひねりたくなる。

「いや、もしかしたら、そうなのか？」

「どっちなんだよ！」

多朗が勢いよくツッコんできて、汽車道の向こう側から歩いてきたカップルの女子のほうが、ビクッと肩を一瞬震わせた。

「どうなんだろうな、もうおれにはよくわからない」

星月夜天神の夜から屋上の別れまで、一通りすべて話してみることにした。由貴は腹を立てるだろうか。プライバシーを赤の他人にぺらぺらしゃべらないで。それとも、そっぽを向くだろうか。もうどうでもいい。わたしには関係のないことだから。

「ああ、なるほどな」

意外にも、多朗は腕組みしながら何度も何度もうなずいている。もっと、「おまえって本当にオンナゴコロがわかってないね！」とダメ出しが来るかと思ったのに。

「おまえさ、ちゃんとカレ氏らしいこと、したんじゃね？」

むしろほめられた。

「え、なんでだよ」

おれは大げさに、つんのめる真似をしてみせた。

「おまえしか、言える相手がいなかったんだろ」

「言える相手って……ろくなこと言われてませんけど」

「だから、ろくでもないことを言える相手だよ。八つ当たりだよ」

「え？」

「すげー不条理な出来事に襲われてさ。でも、きっと親には『わたし、大丈夫だから』ってムリするタイプなんだろ？」

「たぶん」

「そしたら、溜まってくよ。いろんなものがさ。女友達にも言えねーだろ。『同情してんじゃねーよ、バーカ』なんて」

「それ言ったらヤバいだろうな」

「じゃあ、爆発できる相手……伊吹しかいねーじゃん」

「そうか……」

「でも、きっと、よりは戻せねーと思うけど。本気で爆発したかったんだろうから。生きるためのさ、気合を入れたかったんだよ」

なんで多朗は、その場にいないのにすべてわかるのだろう。その通りだという気がした。けれど、感心してみせたくはない。

「おれ、かわいそすぎるじゃん」

ベンチに座り込んで、足を抱えて体育座りする。多朗は腰かけずに、フェンスに体重をかけて目一杯乗り出しながら、スマホで対岸のイルミネーションを撮影している。

「おまえのかわいそうなのって、どうってことないだろ？　彼女の大変さに比べたら」

「もちろんそうだけど」

多朗はスマホをポケットにしまって、大きな手のひらを伸ばしてきた。

「はいはい、取り乱さないでよく頑張った」

おれの頭をなで回す。

「あーあ、大凶の呪いかなぁ」

「大凶？」

「星月夜天神で、おまえとやったみたいにさ、例のおみくじ引いたんだよ。そしたらふたりとも同じ大凶引いた」

「それはなかなかの確率」

「そのことに気がつかなくてさ、『交際』んとこにいいこと書かれてたのだけ読んで、ウカれて。バカな男」

「おれも、久しぶりに由貴にメール送ってみるかな。中学んときからメールアドレス、変わってないかな」

本当に連絡を取り合っていなかったのか。由貴の言葉の裏付けが取れて、なぜだかホッとする。今となってはもうどうでもいいことのはずなのに。

「変わってないよ」

「もう、伊吹には甘えられないからな。他にキレたい相手がほしいとき、おれ、役に立てるかもしれん」

「うん……」

「あれ、どうした？ やっぱり連絡してほしくないか。冗談だよ。連絡しねーよ？」

「いや、そうじゃなくて……多朗のほうが余裕あって、由貴も話しやすいかも。おれは、なんかいろいろ重なってさ」

「重なって、って？」

「親父。昨日、セカンドオピニオンつって、東京のでっかい病院行って。胃からリンパに転移してるだけじゃなくて、遠隔転移してる可能性があって、だいぶ深刻で。うまく取れるか手術で開いてみないとわからないって」

「そっか、親父さん……再発か」

まだその話は、多朗にしていなかったことを思い出す。

「うん、先月の検診で再検査になって。もうすぐ丸三年だし、一安心かなって思った矢先でさ」

「由貴だって『それどころじゃない』けど、伊吹だってそうなんだよな？」

「まあ親父は、どんなときだって冷静だからな。自分の身体なのに、人の身体の話をしてんのかよ、っていうくらい。おれが相談に乗ったり助けたりする余地はないけど」

「さすが。めちゃめちゃＩＱ高い親父さんなんだろ」

「うん。その東京の先生が、親の高校時代の友達の上司って言ったかな。消化器内科の権威らしいから、その人に治療をお願いするか、今まで通りの病院でやるか、迷ってるみたいだ」

おれは突然気がついて、腕時計を多朗に見せた。

「あと三分で七時だぞ」

「そろそろ戻るかー」

もう少しで、汽車道の終点にある「ナビオス」の建物をくぐるところまで来ていたが、回れ右する。ちっとも急がないのが多朗らしかった。

「大人ってさ。いろいろ『それどころじゃない』ことを抱えてるのかもな」

「そうかな」

「おれ、北海道に行くって決めたの、台風が来たからだったろ？　畑が壊滅的で、じーちゃんばーちゃん疲労困憊で、じゃあおれが助けてやるぞ！　後を継いでやる任せろ！　って」

「すげえと思ったよ」

「ところがさ、実は喜ばれなかったんだよな、ちっとも」

「へ？」

「『こっちの農業高校に来るなら授業料出してやる』って、じいちゃん言ってたくせにさ、どうもノリで口走っただけで、おれが本当に来るとは思わなかったらしい」

「マジで？」

　大声を出してしまって、さっきとは別のカップルの男のほうが、キッとこちらを睨んだ。

「ばあちゃんなんて、露骨におれをお荷物扱いするわけだよ。畑がめちゃめちゃで今年の収入見込めないのに、食い扶持がひとり増えてどうすんのよ、さらに授業料？　何を言ってるんだね、って感じ」

「げ……」

「素人でさ、おれ、トラクターの免許持ってるわけじゃないし。使えねーわけよ。しかも、都会から来た気まぐれなやつは、冬の寒さにびっくりして都会に逃げ帰るかもしれない」

　そんなこと、マイルームで何も書いてこなかったじゃないか。

「だから、最近になってやっとだよ。学校でいろいろ習うから、手伝えることも増えたし、もうすぐ誕生日来たら速攻、車の免許取るから、野菜運ぶ仕事もやれるし。『あんたが来てくれて、助かったし心強い』って、ばあちゃん言ってくれた」

「すげー、泣ける」

わざとらしく袖で涙を拭くふりをした。じゃないと、絶句したままぼうっと突っ立ってしまいそうだから。

「子どもは短絡的だけどさ、大人はどうやって明日のメシ代を稼ぐかとか、現実を見てるよな」

「うん」

「それで……少しだけわかってきたかもしれない」

「何が」

「やべ、このままだとホテルで晩メシ抜きにされそう」

多朗が早足になったので、おれはようやく気づいた。さっき、話を逸らしたのと同じ流れだ。

「お母さんのことか？」

「すげー腹立って。なんか気持ち悪いって思ったこともあったけど、子ども育てて、メシ代稼がなきゃいけない。母親には母親にだけ、見えてるものがあったのかもしれない。なーんてな」

ホテルのエントランスが見えてきた。そのまま多朗は扉の向こうに飛び込んでしまいそうな勢いなので、おれは懸命に同じ速さで歩きながら紙袋を差し出した。

「これ、返す」

「は？」

さっき多朗にもらった北海道のお菓子だ。

「明日、お母さんとこにちょっとだけ顔出してこいよ。で、おまえのことだから、絶対、親御さんにはみやげなんて買ってないだろ？」

「んぐ……鋭い」

「だから、これ。会わなくてもいいからさ。店でも家でも、玄関先に置いてこいよ」

「考えときます」

そう言いながらも受け取ってくれた。自動ドアが閉まっても、多朗は小さな紙袋を大きく振っていた。そして、後ろから来たビジネスマンに迷惑そうな顔をされて、あわてて頭を下げている。

ばーか。

思わず笑ってしまって、それからおれはターミナルに向かった。

*

翌日はさらに蒸し暑かった。六月とは思えない。予備校にいるとき、脇汗が匂ってないか心配になったほどだ。

夜十時を過ぎて、ようやく風が涼しさを運んできた。

ただいま、と小学生の頃は言っていたけれど、今は声を出さない。

玄関の扉はカギがかかっている。それを開けて、静かにそうっと入る。

予備校がある日は、帰宅が十時前になるので、母はお風呂に入っていることが多いし、父は自室で仕事をしているかもう寝ているかどちらかだ。

部屋に入ったらまず多朗にメッセージを送ってみよう、と先の行動をスケジューリングする。昨日に続いて、今日も多朗は横浜のホテルに連泊しているはずだ。

鎌倉散策がどうだったのかを聞いておかないといけない。もっともそれは、電子レンジで温めた晩御飯を食べながらでもいいか。それからお風呂に入って、予備校の復習だ。

リビングからスリッパの音が近づいてくる。

「おかえりなさい！　あ、なんだ、伊吹なのね」

母が露骨に、くたっと肩を落とす。

「なんだ……って言われても」

おれは不満を示したが、母は聞いていなかった。

「お父さんがね、まだ帰らないの」

「ふうん。今日早く帰るって？」

父が終電近くになるのは、別にめずらしいことではない。

「これからの治療、考えないといけないし、午後ちょっと会社に顔出してすぐ帰るって言ってたのに」

「用事ができたとか」

「麻乃ちゃん、あ、秘書の子ね。電話で聞いてみたら、六時過ぎには退社したって」

おれは腕時計を見た。

午後十時を回っている。

「父さんの携帯は」

「電源切れてるの」

ようやく、母の焦りを共有できるようになって、おれは足早にリビングへ向かった。

「もう一度かけてみたら――」

「どうしよう、どこかで倒れてたら」

「別に、急激に悪化するような要素はないんだろ？」

それでもあの日、レストランで父は背中を押さえていた。内臓を切除することの大変さを、おれたちは軽く見過ぎてはいなかったか。

「ないと思うけど……」

「もし倒れたとしたって、持ち物ですぐ特定できて、うちに連絡来るって」

「でも、誰もいないところで倒れていたら」

「みなとみらいから、この長谷までで誰にも見つからないところなんてないだろ」

いらだちながらそう答えてから、おれは気がついた。あるとしたら、うちの近所だ。長谷駅から自宅まで、いくつか通り道がある。大きな通りを歩いてくる場合は、人も車も通行するので問題ない。少し回り道になるが星月夜天神を経由する場合、だいぶ人通りは少なくなるが、それでも犬の散歩などでうろうろしている人は多い。

問題は、その中間。早めに路地を入って細道をくねくね歩くと、別荘や空き家が何軒かあって、うずくまっていても気づかれないかもしれない。

「ちょっと、そこらへん、見てくる」

おれは、バッグを放り出して、スマホだけ手にして再び玄関に向かった。

「お願いね」

母の不安げな声が、後ろから追いかけてくる。

外に出て、路地をあちこち歩き回った。猫に二匹会った。それだけだった。

国道一三四号線まで出ると、夜にしては道が混んでいた。車の列がテールランプの光をひきずるように、ゆっくりゆっくり走っていく。

耳を澄ます。救急車のサイレンは、聞こえない。

父は二年半前の手術以来、役員を降りて、エグゼクティブプロデューサーという肩書になっているのだが、結局いまだに実務面で頼られている。社内のみならず、仕事相手からも。何かトラブルがあると、負けず嫌いだから問題解明を先頭切ってやるらしい。慌ただしいけれど、今は、そういうことをやっていたほうが気が紛れるだろうし、母みたいに神経質に「早く帰れ」「何時に帰れ」と言いすぎないほうがいいはずだ。
　このまま帰宅したら、母にそんな説教をしてしまいそうだから、おれは父を駅前で待つことにした。
　何か参考書を持ってくればよかった。スマホに入っている英単語アプリでもやるか。と画面を開こうとして、多朗からいくつもメッセージが入っていることに気づいた。
　急いで「マイルーム」を起動する。

「おーい伊吹。今スナックに『狩野』って名前のおじさんが来てるんだけど、おまえの親父さんだよな？　高校生の息子がいるって言ってるし」

「ああ言い忘れた。俺、今日鎌倉に泊まってんだわ。先生が『そうかおまえ鎌倉出身ならもっと早く言え。特別に外泊を許可する』だってよ。ちっとも外泊したくなかったのに実家に泊まる羽目になりましたですよ」

「そんで昔みたいにスナックで飯食って、さっきまで2人いた客は帰って今は1人。それが狩野って人」

読みながらおれは小走りにスナックのほうへ向かっていた。由比ヶ浜から路地を一本入ったところにある。途中、段差につま先をぶつけて転びそうになった。それでも、画面から目を離せない。

「もうすぐ着く」

短いコメントにさっそく返事が届く。

「店の前で待ってる」

父がスナックに?
小学生のとき、一瞬、疑いを持ったことを思い出す。そして、うちの父親がそんなところに出入りするわけないか、と決めつけていた。
前から通っていたのだろうか。なんのためにそこにいるのか。
「店の前で待ってる」というのは父親のことかと思ったら、多朗だった。黒字に真紅の「×」がついたTシャツを着て、ポケットに両手を突っ込んでズボンを尻が見えるぎりぎりまで下げていて、もし見知らぬ人だったら目を合わせないで急いで通り過ぎたいタイプだ。

「なあ、店に今」

おれが駆け寄ると、多朗は口に指を当てた。

「シーッ。こっち来い。静かにな」

建物の正面ではなく横に、細い扉があった。勝手口だ。そこを開ける前に、多朗は耳打ちしてきた。

「おふくろにちょっと聞いたら、初めて来たみたいだ。前から店の前を通ってて、入ってみたかった、って言ってたらしい」

「つか、なんで正面から入っちゃいけないんだよ」

「話してることがさ……。よくわかんねーけど、おまえ、たぶん聞いといたほうがいいんだよ。でも聞いたってバレないほうがいいんだよ」

「意味わかんないんだけど」

「とにかくおれの言うとおりにしとけ。他の姉ちゃんは今日は休みで、うちの親とおまえの親と、今はふたりだけだ」

多朗が扉を開けて、靴音を立てないようにしてそっと入っていく。おれも、スニーカーだけれど、気をつけてかかとを静かにつけて前へ進む。野菜の入った段ボール、ミネラルウォーターのペットボトルのパックなどの障害物があって、油断できない。通路を抜けるとキッチンで、その向こうに店があった。

話し声が聞こえてくる。反射的におれはしゃがんだ。

「はーっ、どっちにしたらいいんだろうなぁ」

そう話しかけている男の人は、カウンターの向こう側にいて、顔が見えない。けれど、その声は、間違いなく父だった。やや高めで比較的やわらかい声質だけれど、抑揚がないので、怒っているように聞こえる。

「ママ、どっちを選ぶのが正解だと思う?」

頼るようでいて、挑むようでもある。そんな口ぶりに、ママは——多朗のお母さんは——穏やかな口調で答える。

「わたしに聞かなくても、もう、ご自分で正解、お決めになってるんでしょ」

父が、ここまで届く、大きなため息をつく。

「まあなぁ……。どちらの選択が正しいかはわかる」

「そうなんですか」

ママっていうのは、こういう話し方をするものなのか。谷間にひびくこだまみたいだ。元の声を、少しふんわりとやわらげて、返してくる。

「昨日、セカンドオピニオン聞かせてもらった先生は、紹介でないとなかなか診てもらえない実績のすばらしい人で。そういう医者のもとでベストを尽くして、それでもダメなら、あきらめ、きっとつく」

おれの喉から食道、胃のあたりまですべて一気に、かっと燃える。父が、ダメかもしれないという想定で、治療を考えているなんて思いもよらなかった。

いつも冷静で、前向きで、大丈夫だ大丈夫だ、と言っていた。胃を切除しても、もりもりと食べる鉄人で、そのすごさに感嘆するというよりは、昔からそうだから当たり前だと思っていた。

ダメ。あきらめがつく。

母にも、こういう話はしているのだろうか。

「すばらしい先生なんですね」

ママはカウンターのこちら側で立ったまま、ややもたれるようにしてそう答える。髪を後ろで一つに結わえていて、穏やかそうな人だ。中学のとき、海辺で見かけたこの人は、もっとだらしない印象があった。多朗のフィルターで見たせいだろうか。近くから眺めると、そんなふうには感じない。

「そう。すばらしい先生。でも、新宿なんだ。ここから通うのは厳しい」

「あら、入院するんではなくて？」

「今どきの手術はね、一週間、長くて二週間で退院なんだよ。普通はね。それで、抗がん剤治療は通院でやる。副作用が出て調子が悪いときに、新宿まで通い続けられるかといったら

「……」

「じゃあ、今までの病院」

「そっちはみなとみらいで。だが結局ここからだと一時間かかる。要するに、どっちを選んでも厳しいんだ。これから夏だからな。鎌倉の夏は最悪だ。このあたりは観光客があふれて」

「そうですね。うちの店は、観光客はあんまり来てくれませんけど」

「海が好きで、そばに住みたくて、職場から遠くてもいい、とここに移住してきたんだよ。結婚したときにね。徒歩で海岸まで行けるなんて夢みたい、と妻も喜んでた。でも、遠方への病院通いとなると、俄然不便だ」

「そうですね……」

多朗が音を立てずに、奥の部屋へ移動していく。ずっとしゃがんでいたおれは立ち上がった。食器棚があるから、立っても座っても、店のほうからは見えないのだ。

「たとえばウィークリーマンション的な？」

ママがそう言いながら、グラスに氷を入れる。

「私だけが東京に住んで、あとの家族は鎌倉で？」

口を押さえたのか、父の声がくぐもる。

「それも考えなくはなかった。でも、手術が失敗して、もしくは既に遠隔転移していて、間に合わなかったら――。人生の終わりの時期を、家族と過ごせなくなる」

「狩野さん」

ママがカウンターの向こうに出ていく。父の嗚咽が聞こえた。

「ママ……。まだ私はたったの四十七で。職場の同僚も似た年なのに、みんな元気で。なんで自分だけこんな」

「ご家族にも、もっと相談されたらいいのに。きっと黙ってるんでしょ」

「どうしてわかる?」

「ここに来るお客さんは、たいていそう。男のプライド。外で頑張ってるから、ここでだけ息抜きするの。でも、もう飲むのはよしましょ。胃のことを考えたら」

「いいんだ。いいんだ、ママ」

「じゃあ、これが最後」

「ママ」

「一気飲みなんて。あとはお水ね」

「膝、意外と固い」

「あら、膝枕させといて、文句言ってる」

「もう少し、ふっかふかのが好みなんだ」

「じゃあ、おうち帰って、奥様におっしゃればいいでしょ?」

「言えない。甘えるようなことも、心配させることも、もうすぐ死ぬかもしれないことも、言えない。にゃんにも言えにゃい」

猫語になっているのは、舌がもつれているからなのか、わざと甘えているからなのか。しばらく沈黙があった後、ママが尋ねた。

「ねえ、寝ちゃったの。狩野さん」

「死ぬなら今死にたい……。痛くなる前に」

「そんな」

「痛いの大嫌いなんだ。そんなの全然つらくないふりするの大変なんだ……」

「男の子は頑張らないといけないものね」

「ママ……」

声を漏らしそうになる。おれは口元を押さえて、勝手口へ向かった。段ボールを思いきり蹴ってしまって、それがガン、と音を立てる。

「あら、多朗?」

奥からあわてて多朗が出てきた。

「あー、何?」

そして、早く出て行くようにというしぐさをおれに見せる。

勝手口のドアをそっと開けて、出た。

冷房のかかった室内から外に出ると、湿度を感じる。

そのまま表へ回った。立ち止まって考えてはいけない。このままの勢いで。

入口の引き戸を、がらっと開けた。

中学生の頃、多朗からこの店のことを聞かされたときは、小汚いスナックを想像していた。脈絡のない置物があって、そこここに埃が溜まっている、というような。

でも、実際には、一枚板のカウンターは落ち着きがあって、そこに活けられた一輪のガーベラは鮮やかなオレンジ色で、陶器の花瓶も丸みがあってかわいらしい。

スナックに行く客の気持ちが今まではまったく理解できなかった。でも、少しだけわかった気がする。こういうところなら、自分だけの秘密の場所として、安らげるのかもしれなかった。

「あら、いらっしゃい」

小さなソファに座っているママが、こちらに顔を向けた。カウンターの向こうには多朗がいて、かすかにうなずいている。

ママの膝の上に、父の頭があった。それは甘えたオッサンではなくて、行き倒れて介抱されている貧血の人みたいな顔色だった。

親父よう。何してんだよ。

そう呼びかけたかった。けれど、おれは、よそでは親父という呼称を使うことはあっても、本人に向かってそう言った経験は一度もないのだった。

「お父さん」

「んむぅ」

反応が薄い。

「父さん、帰ろう。母さんが待ってるよ」

「ん？」

まぶたを無理やりこじ開けて、父はこちらを見る。凝視する。徐々に、頬に血が通いだしていくのがわかった。

「なんでここにいる。伊吹が」

「酔っぱらって寝ちゃって迷惑だからさ。迎えに来た」

「ちょっと具合が悪くなって、休ませてもらってただけだ」

急に取り繕おうとする父。

言ってやりたかった。全部聞いたよ。もうカッコつける必要なんかないんだよ。

でも言わなかった。

「おいくらですか」

ママは、おれが多朗の友達だと、既に聞いていたみたいだ。

「二千円よ」

絶対そんなに安くないでしょ、とツッコみたかったが、父の財布を開けたら、千円札はちょうど二枚しかなかったので、お言葉に甘えることにした。

「じゃあ、これ」

父の私物を覗き見るのは初めてだった。たくさんのカード、数枚見える一万円札。その他に、病院の診察カードや、免疫力アップのために半信半疑で飲んでいるフコイダンを扱うショップのカードも見える。

立ち上がった父の足元はふらついていた。肝臓に転移している可能性もあるらしいのに、こんなにたくさん飲むなんて自殺行為だよ、と思う。

父の腕を、自分の肩に回した。

「大丈夫か？　おれも――」

言いかける多朗を遮った。

「ごめん。平気」

そして忘れていた一言を付け足した。

「ありがとな」

おれが言うことではないけれど、今夜はもう店を閉めて、お母さんと多朗、ふたりでゆっくり話でもしてくれ。

引き戸を開けて表へ出ると、外気に当たった父は一気に酔いが醒めたようだった。

「今、何時だ？」

「十一時」

そうだ、母に連絡するのを忘れていた。でも、どうせあと十二、三分後には家へ着く。

「なあ、伊吹」

父は自力で歩き出した。革靴をカツカツ鳴らしながら言う。

「何？」

「由比ヶ浜を見て帰ろう」

「うん」

よく多朗と一緒に歩いた道を、今日は父と歩く。国道を渡れば正面が海だ。砂に足を取られて、父の歩みがもつれる。

「ちょ、転ぶよ？」

「平気だ」

そう言いながらも、おれが支えた手に父は体重を掛ける。そして、沖を見つめた。

「海は美しいなぁ」

「真っ暗だよ」

感傷的な言葉につられないように、おれは見たままを答えた。

一三四号線の街灯と車のテールライトに、海岸線は縁取られている。でも肝心の海は、本当に黒々としている。海上に船が出ていることもあるのだが、この日は一隻も見当たらなかった。

「鎌倉はやっぱりいいところだな。ここは離れられない」

おれは大きく息を吸った。頭のなかを、由貴の顔がよぎる。目を瞬かせて、その残像を消した。

「そうかな。おれは東京みたいな、都会に憧れるけどな」

「え？　そうなのか」

「だって、受けたい大学いくつかあるけど、全部東京だし。こっから通うの大変。夜十時過ぎに向こうを出ないと、終電に間に合わないんじゃ、コンパもゆっくり参加できないよ」

「東京に……住みたいのか？」

住みたくないよ。

遅くなった日は、都内在住の同級生の家に泊まらせてもらってさ。それ以外は、毎日この海のそばから通えると思うよ。

「新宿とか池袋に二、三十分で出られる生活って憧れるなぁ」

「そうか、そうだったのか。伊吹はこの土地が気に入ってるんだと思ったよ」

「まあ、ないものねだりかもしれないけどさ」

「そうか……相談してみるかな」

誰に何を、とは聞かなかった。

砂浜を離れ、信号を渡って、路地に入る。急に父が手を合わせてきた。

「店に行ったことさ。内緒にしといてくれないか」

「え？」

「頼む」

ニッと笑っている。

拝まれて頼みごとをされるなんて、考えたこともなかった。父の細くなった目はかわいらしくて、目尻に寄っている皺は無防備すぎた。

「じゃあ、条件」

調子に乗って、おれは返事をした。

「条件？　なんだそれは」

父が顔をしかめる。いつもの表情に逆戻りしかけている。だからおれは急いで続けた。

「二十歳になったらさ」

「ん？」

「おれが二十歳になったら……酒飲めるようになったら、あの店連れてってよ」

なぜか父はおちょぼ口になっている。どうやら、この人なりに笑いを嚙み殺しているらしかった。

「わかった。おまえはママみたいなのがタイプなんだな」

ちっともタイプではなかったけれど、念を押(お)した。

「絶対だよ？」

「よし」

父はうなずいた。

＊

この間、父と約束をしました。二十歳になったらスナックに連れて行ってもらうというものです。ぼくが二十歳になるには、あと二年かかります。父は闘病中(とうびょうちゅう)です。でも絶対に約束を守ってくれると思います。

ぼくたちはこの夏、引っ越(こ)しをします。父が病院に通いやすいよう、近くのマンションに移るのです。今住んでいるところがとても好きで、離れるなんて夢にも思っていませんでした。でも、できることは全部やりたいのです。大人になると、思い通りにいかないことが増えていくかわりに、思い通りにできることも増えていくんですね。

二年後、きっとぼくの思い通り、父と美味(おい)しいお酒が飲めるはずです。

（さらば鎌倉　18歳(さい)）

＊

太陽が真上にあるけれど、ギラギラした日差しはここまで届かない。星月夜天神には、巨大な樫の木をはじめ、何本も背の高い木が境内にそびえていて、海から流れてくる風は、涼やかに神社を抜けて山の方へ向かう。

おれは、ジーパンのポケットから紙切れを取り出した。一生懸命作ったものが、今見ると、バカらしいものに思えてくる。

突然思いついて、昨夜、おみくじを創作してみたのだった。「大吉」を上回る「超吉」だ。

たち変り
月重なりて
逢はねども
さね忘らえず
面影にして

おみくじの冒頭には必ず和歌がある。万葉集から、引っ張ってきてみた。「会えないまま月日がたってしまったけれど、面影は少しも忘れられない」。これからの自分の気持ちを、先に詠んでくれた歌のように思えた。

解釈はもちろん自分勝手にこしらえた。詠んだのは自分、読むのは由貴、という設定のつもりだ。


しばらく会っていない人が、遠くであなたを想っています。だから心細いときも、気持ちを強く持ちましょう。きっとだいじょうぶです。

願望　時間はかかるが必ず叶う
交際　遠くにて待人あり
方角　北東の方によいことあり

北東の方というのは、鎌倉から見た東京・目白のことだ。おれが、これから移り住む場所。本当のおみくじはもっと項目が多いのだが、字が大きいせいで、これで紙片がいっぱいになってしまった。

この紙をわかりやすいどこかに結わえようと思って、来たのだった。

もしかして由貴がこの神社へ来て、あの日みたいに、おみくじを引いてみようと思い立って、たまたまこれを引く——。何億分の一の確率だかわからないけれど。

しかし、いざ境内に立ってみると、昨夜は思い至らなかったことばかり、見えてくる。雨が降ったらどうするのだ。結わえてある本物のおみくじと紙質が違う。メモ帳を切り取ったこの自作おみくじはすぐにボロボロになってしまう。

さらに、宮司さんに回収されたらどうするのだ。いや、自分の名前を書いているわけじゃないから、近所の狩野家の高校生がやった、とはバレないだろうけれど、こんなおみくじを一生懸命作って、ああ、かわいらしく浅はかな、と苦笑されるのは間違いない。

何よりも、自分のこの未練がましさ。

このおみくじを見て、由貴が喜ぶかもしれないと思った、勘違いっぷり。

おれは、Gパンの左ポケットに入れていたスマホを取り出した。

「マイルーム」にログインして、多朗宛にメッセージを送る。今日はこれまで既に何通も「行動予定」を送っていたのだ。誰かに見届けてほしくて。いや、素直になろう。多朗に見届けてほしくて。

「やっぱりやめた。未練に満ちたメッセージは、海に投げ入れるのだ。由比ヶ浜は人が多すぎて、誰かに『ゴミだよ』と拾われて説教でもされると最悪だから、稲村ヶ崎行って、紙飛行機にして崖から飛ばすことにした」

おれは、星月夜天神を出て、江ノ電の線路を渡った。今まで、どれだけ巨木に守られていたかがわかる。遮るものがなくなった瞬間、日光はおれにまとわりつき、汗を噴き出させる。

国道一三四号線の信号を渡り、海沿いの広い遊歩道をまっすぐ進む。

あれは、もう六年前になるのか。

夜中、多朗と江の島に向かって歩いた。おれはおどおどして、帰りたくて、親に怒られたときの言い訳ばかり考えていた。多朗は全部お見通しだったのだろうか。

車は両車線ともひどい渋滞で、歩くおれのほうがよっぽど速かった。

父が懸念したとおり、夏の鎌倉は、住人にとって最も難しい季節になる。江ノ電が観光客で溢れ、道路は車が数珠つなぎになってしまう。

右へ大きくカーブして、谷間を抜けると稲村ヶ崎だ。おれは駆け上がって、水飲み場へ迷わず行った。蛇口をひねると、銀色の水がこぼれ落ちていく。

喉を潤したおれは、一番端のフェンスから崖を見下ろした。ヨットが三艘、連れ立って走っている。おれの紙飛行機、あのあたりまで届けばいいなと妄想する。でも、実際は北風が吹いていないと、そちらには向かわない。

今は南西の風だ。

普段から、このあたりは沖から陸へと吹き寄せるのだ。

江の島の向こうに富士山が見える。西日が見えるものすべてオレンジ色に染めていく。海面も、泳いでいる人も、海岸線を走っていく江ノ電も。

おれはさっきの自作のおみくじを取り出した。縦二つに折ってから、適当に折り目を重ねる。それらしい紙飛行機ができた。

小学生の頃のことを思い出す。

チラシを折って、父と紙飛行機の飛ばしっこをした。おれの飛行機は部屋の端からソファーまで飛んだ。父の折ったものは、部屋の反対側にあるドアにぶつかって落ちた。ドアを開けてもう一度同じように飛ばしたら、廊下まで出て行って、玄関マットに着陸していた。

どんな遊びの想い出も、いつもこんなふうだった。父がいかなるときも自分を圧倒した。

日が傾いていき、風が強まってきた。波が白く泡立ち、海岸へ打ち寄せている。崖の下は、風が行き場をなくして渦を巻いて、逆流しているようだ。そこにうまく紙飛行機を乗せよう。乗せよう。乗せよう。そう思っているのに、なかなか手放せないでいる。

いいかげんにしろ。

自分を叱りつけて、おれは人差し指と親指で、紙飛行機の胴体をつまんだ。軽く前後にゆすって投げる準備をする。

そのときだった。

「ねえ」

聞き間違えるはずがない。由貴の声だ。

勢いよく振り返りすぎて、フェンスに腰をぶつけた。

由貴の顔色がいいのか悪いのか、西日に惑わされてよくわからなかった。デニムのハーフパンツに淡いピンク色のTシャツ。小さなリュックを手に持っている。薬が入っているのだろうなと思う。

「なんで」

由比ヶ浜や星月夜天神ならわかるけれど、稲村ヶ崎は住宅街でもなんでもない、切り立った岩場だ。「たまたま会う」ことはありえない。すると彼女は手に持っていたスマホを指し示した。

「ここに来るようにって、指示するメールが来た」

「誰から」

「石島くん」

「あいつ……なんて」

「稲村ヶ崎の崖からキミが飛び降りるつもりらしいから、助けにいってくれ、って」

おれは口を歪ませてうつむいた。笑うのを堪えるためだった。北海道から何をめちゃくちゃなこと言っているんだ、と思う。

「そんな予定はなかったよ」

スマホをぷちぷちと操作しながら、由貴は答えた。

「今知った」

「多朗がなんか言ってきた？」

「何か紙を手に持っていたら奪い取れ、だって」

「あ……」

おれは二本の指に挟まった、紙飛行機を見つめた。

「これは……見せないよ」

「そうなの？」

「要するにこれは……『君に幸あれ』ってことを押し付けがましく書いてる。ユッキーはそんなのいらないってわかってるのに」

「そう……」

「うん」

「ごめんね」

「ううん」

「二か月たったけど、まだそれどころじゃない。余裕なくて」

「何もできなくて、おれは」

「でも、そう言って自分のことばっかり見ている間に、いくつもの大切なものを失っていくんだ、っていう気はしていて。ただ、だからってどうすることもできないの」

「うん」

「東京に行っちゃうんだってね」

「ごめん」

「なんで謝るの？」

「ずっと、ここに住むって約束した」

「もうその約束はなくなったんだよ。気にしないで」

「うん……」

「学校も転校する？」

「たぶん。これから夏休みの間に」

「そっか……」

「おれ、今頃少しずつわかってきたんだ……遅くてごめん」

「何が」

「『それどころじゃない』っていう状態。親父の病気のことで、治療の方法、住むとこ、この一か月、決めなきゃいけないことが多すぎて、本当にそれどころじゃなかった。由貴の大変さが、こう、身体のなかで少しつかめたっていうか」

「わたしこそ、ごめんね。お父さんのこと。自分のことに精一杯で」

「そんなの当然だよ」

「セミ爆弾」

「え？」

「あのときの、セミに似てるのかも。わたし。周りのこととか目に入らないで、自分がまだ生きてるってことだけ考えて、ジージー回ってる」

「ユッキーは、セミ爆弾じゃない」

「そうかな」

「あのセミは命を終えたけど、ユッキーは……おれたちは」

「そうだね……。まだまだ生きていく」

「今度のマンション、新宿にも池袋にもすぐ行けちゃう、都会の真ん中でさ。山手線沿線なんだ。築三十年で古いんだけど」

「そうなんだ」

「こないだ山手線乗ったら、席に座ってる大人たちがみんな疲れて見えて」

「うん」

「この人たち、『それどころじゃない』ことをそれぞれ抱えてるのかもな、って」

「なのに、見せない人もいっぱいいるんだよね」

「乗りこえるのか、慣れていくのかわからないけどさ。またいつか」

「うん。『それどころじゃない』ことをもっともっと抱えて、でもそんなの大したことないよ、って顔をできるようになったときに」

会えたらいいね。

おれは、右手を持ち上げて、紙飛行機のおみくじを見せた。そして、海へ向かって飛ばす真似をする。

由貴がうなずいた。

「ユッキーの未来は超吉」

紙飛行機は、さらわれるように勢いよく南西の風に乗った。期待した方角とはやはり違ったけれど、高く舞いあがって稲村ヶ崎を越えて、見えなくなった。

おれがさっき歩いてきた道筋をたどって、由比ヶ浜の岸辺に向かって、流されていくのが目に浮かぶ。

もしかしたらそのさらに奥、星月夜天神を目指して、超吉は自分の意志で飛んでいるのかもしれなかった。


（終）

Special thanks to—
Akira KUZUOKA (Shinchosha Publishing Company)
Teruko NOJIMA

「12歳」は、「小説新潮」2011年11月号に掲載された
「南西の風やや強く」を加筆したものです。他はすべて書き下ろしです。

吉野万理子

神奈川県出身。上智大学文学部卒業。新聞社、出版社で編集業務に携わった後、2002年、『葬式新聞』で、日本テレビシナリオ登龍門優秀賞受賞、脚本家としてデビュー。2004年『仔犬のワルツ』の脚本執筆。2005年『秋の大三角』で第一回新潮エンターテインメント新人賞を受賞。2011年『想い出あずかります』(新潮社)を原作としたNHKラジオドラマの脚本を自ら執筆。主な作品に、『チームふたり』をはじめとする「チーム」シリーズ(学研プラス)、『赤の他人だったら、どんなによかったか。』(講談社)、『いい人ランキング』(あすなろ書房)など。

南西の風やや強く

2018年7月20日　初版発行

著者　吉野万理子
発行者　山浦真一
発行所　あすなろ書房
〒162-0041 東京都新宿区早稲田鶴巻町551-4
電話 03-3203-3350(代表)
印刷所　佐久印刷所
製本所　ナショナル製本

ISBN978-4-7515-2931-7 NDC913 Printed in Japan